Europe 欧洲

思维的漫游
Wandering around the World

田丰 著

Asia 亚洲

Africa 非洲

America 美洲

SPM 南方出版传媒
全国优秀出版社　全国百佳图书出版单位　广东教育出版社
中国·广州

图书在版编目（CIP）数据

思维的漫游 / 田丰著. —广州：广东教育出版社，2019.8
ISBN 978-7-5548-2871-7

Ⅰ.①思…　Ⅱ.①田…　Ⅲ.①随笔—作品集—中国—当代
Ⅳ.①I267.1

中国版本图书馆CIP数据核字（2019）第125402号

责任编辑：梁　岚　陈定天　蚁思妍
责任技编：杨启承
装帧设计：张绮华

SIWEI DE MANYOU
思 维 的 漫 游

广东教育出版社出版发行
（广州市环市东路472号12-15楼）
邮政编码：510075
网址：http://www.gjs.cn
广东新华发行集团股份有限公司经销
广东信源彩色印务有限公司印刷
（广州市番禺区南村镇南村村东兴工业园）
787毫米×1092毫米　16开本　11.75印张　223 000字
2019年8月第1版　2019年8月第1次印刷
ISBN 978-7-5548-2871-7
定价：68.00元

质量监督电话：020-87613102　邮箱：gjs-quality@nfcb.com.cn
购书咨询电话：020-87615809

——————序

思与诗的融合

蒋述卓[1]

2018年新春伊始,我从电子邮件里读到了田丰兄的这本《思维的漫游》。他告诉我说这是一本出访游记,是他在担任广东省社科院副院长、省社科联主席以及省政协文史委员会主任期间的工作出访笔记。待看过此书,你会发现这是一本思想的随笔集,而不仅仅是一本游记。"游"只是此书的一条线索,它牵出的却是作者对世界、对历史、对社会、对人生,甚至是对全球化、对马克思主义、对社会主义、对改革等政治经济文化诸多问题的思考。

　这便是这位学哲学出身的社科学者及管理者的思想记录了。它不是简单的思想随笔,而是借助出访的脚步,在每一处鲜活的考察场景中触动而擦出的思想火花。这是感性与理性的融合,是场景与思想碰撞之后结出来的思与诗。

　唯其如此,此书的最大特色就在于它的观察角度以及由观察而引发的深刻而独到的思考。其观察角度都是从他的职责和工作出发的,紧密结合着他的考察任务与目的,思考着与工作相联系的重大问题。

　出访南美时,他结合考察所见,谈到了改革开放的重要性,从南美人的生活与自然观谈到了应反思并改变"人类中心"的价值取向,并由此联想到海德格尔哲学观,认为人并不是自然的主人,而只是自然的"托管人",就如同农夫是土地的保管员一样,人应该保护他生于斯长于斯的土地。他还从文化角度思考了南美经济发展相对滞缓的生态意义,认为处于快速发展中的中国反而应当反思我们如何善待自然。

　在访问美国迈阿密时,他观察到了当地的黑人运动,并由此联想到黑格尔比较东方人、古希腊人以及以日耳曼为中心的欧洲人的自由的话,指出黑格尔的话虽然有些牵强,但强调全体人的自由才有世界历史,才体现理性精神的思想是深刻而伟大的。而"一个社会、一个制度中如果还有一部分人,哪怕是很少数人,由于种族、出

---

[1] 蒋述卓,广东省作家协会主席、暨南大学原党委书记。

身、宗教等原因被剥夺自由、人权，那么全体人的自由、人权必定得不到保障"。更重要的是，作者进一步反思："我们反对美国的双重标准，但不能抛弃这种人类的美好理想，要把'自由、平等、人权'作为人类文明进程的最珍贵遗产和历史进步的必然要求，作为马克思主义的人的解放理论的灵魂继承和发展，大写在社会主义的旗帜上。"

在迈阿密参观比尔·盖茨等名人的豪宅时，他又对如何看待富人的财产做了思考，"富人积聚财富为自己享受，用传统的公平眼光来看可恶之极，但从人类文明演化的历史观看，财富的积聚不仅是工业化、现代化的前提，而且是一切伟大文明得以世代传承的前提。综观世界，几乎所有流传至今的文化遗产尤其是建筑艺术遗产，许多都是由于权贵追求享受、追求名垂千古而建成的。善是历史的永恒方向，留下来的往往是思想和文字；而恶是历史的一种动力，留下来的往往是物质和财富"。

在考察英国时，则思考着中西方文化的对比。在参观格林尼治天文台之后，谈到了在15世纪至16世纪，西方因为航海业的需要发展了天文学，并推动了物理学、机械制造业等的兴起，为工业革命创造了技术与理性精神。而那时的大清帝国则陶醉于落日的辉煌之中，以世界的中心自居，失去了进取精神和技术发明的动力，以致在千年的变局中落后挨打。

在北欧考察时，则思考着乡村的现代化问题，并由此联想到北欧的社会主义模式不能照搬，仍是需要不断创新不断变革，总体方向应该是人道的、和谐的、生态的。

在考察南非的黑人保留的太阳城时，则说"与那些因为信仰不同而毁灭前人、他人创造的文明成果的所谓圣战行为相比，南非的黑人是具有大智慧的，是有世界兼容力的"。

凡此种种，你会随着他观察的角度与他共同步入那里的社会，了解那里的社会状况，并随着他思想的漫游而得到一种精神的享受和思想的启迪。

自然，作为一种思与诗融合的产物，作者并不是枯燥地发议论，抽象地谈思想，而是有着具体而感性的情景描写，并且以他具有艺术与审美的描写语言，带领着读者步入他的思想花园。他经常会用一种充满浪漫的情调和神游万物的艺术想象去描写他所见到的场景和人物。如他写从瑞典的斯德哥尔摩坐邮轮到芬兰的赫尔辛基，"只见一轮红日从灰暗的云彩中露出，黑色的海面顿时闪亮起来，海鸥飞舞翩翩，浪花银光闪闪，太阳每天都是新的，太阳赋予大海以生命，人类赋予大海和太阳以历史，历史在人类和自然的主客体矛盾运动中延续前行"。这里有诗也有思，那色彩的对比和大海日出的动人景色飘动着诗意，从太阳、大海与人类的关系思考中又透露出哲理的思考。又如在考察美国拉斯维加斯时，他竟然从中提炼出了美国人的四种精神：实用主义精神、冒险精神、浪漫精神和创新精神。尤其是说到浪漫精神时，说美国人的祖先乘坐"五月花"号离开英伦家园来到北美，既是自断后路的冒险，也是向往阳光和理想的浪漫，是打破旧传统创建新生活的浪漫。至于美国人常有卖掉房子换成房车到处旅游，为了追求自由炒掉老板的浪漫，那种无论穷富都穿牛仔裤、休闲服的浪漫，都是一种"千金散尽还复来"的自信与浪漫。这样的理解也是充满作者的睿智，体现了作者的浪漫心态。他还写到了迈阿密沙滩文化的浪漫，写到了畅游红海的浪漫，写到了夜游尼罗河的浪漫，写到了莱茵河上的浪漫传说，写到了哈瓦那加勒比海岸边的浪漫，等等，其中都不乏诗的笔调和音乐的旋律。这便是本书之所以不是思想随笔和简单的游记的原因。

正因为本书是一种跨界的写作（社科工作者的诗性游记兼工作笔记、思想笔记），那就让它成为跨界的存在好了。读者是多元的，萝卜白菜，各取所需好了。休闲的日子翻翻此书，既能卧游，又能随作者在思想花园里漫游，何乐而不为？

2018年2月28日于暨南园

目 录

001 欧洲纪事

伦敦与马克思	002
重游剑桥、牛津	008
迈克·费德斯通教授	013
温莎堡及名人故居	016
哥本哈根与童话	020
从哥德堡到斯德哥尔摩	024
迷人的斯德哥尔摩	028
赫尔辛基的"岩石教堂"	034
法国人的福利	036
德国哲学与制造业	040
美丽的莱茵河	042
罗马的温州商人	046
伊斯坦布尔：皇宫、海峡、集市	049

055 亚洲散记

日本人的节约生态观	056
东京湾联想	058
江户东京博物馆	062
从松崎公司看日本中小企业	066
少子化与创新使命	070
新干线	073
丰田的创新文化	076
欧姆龙的启示	078
岚山之美	082
日本的文明模式	085
韩国文明之我看	088
韩国的新村运动	092

095 美洲印象

四访洛杉矶	096
考察兰德公司	098
汤本先生	101
从拉斯维加斯看美国人精神	104
迈阿密与黑人运动	108
浪漫的迈阿密	112
杰弗逊与《独立宣言》	116
美国人的全球使命感	120
首访加拿大	124
古巴：加勒比海的一颗明珠	130
哈瓦那老城	134
走向革新的古巴	137
南美探秘	141

149 非洲探秘

开普敦：桌山与好望角	150
曼德拉及南非文明特色	155
黑人棚屋和太阳城	159
开罗：埃及博物馆	163
卢克索：百门之都	167
洪加达：红海、沙漠部落	170
尼罗河上的歌声和舞影	174

178 后记

一

欧洲纪事

伦敦与马克思

2004年7月20日，我和梁桂全院长及几位专家学者同行，从香港坐飞机前往北欧访问，主要任务是与英国诺丁汉大学、瑞典斯德哥尔摩大学商讨深化合作事宜，同时对北欧现代化模式进行考察。

行程的第一站本来是丹麦，但由于办事人员弄错访问程序，到了香港机场才得知，要等到26日才能进入哥本哈根，只好临时改变行程，先到英国、后到北欧。这一改变使得原来的安排都要变，广州、伦敦、哥本哈根、香港四地有关人员不断来回磋商，"外事无小事"，此时深感这个命题的正确性。在外事工作人员的努力下，尽管费了很多周折，最后仍然按时成行，晚上11时30分，我们乘坐的英航空客320型飞机起飞，穿行在漫漫的大海夜空。

清晨，抵达伦敦。伦敦在工业革命时期充当了世界经济的引擎，成为全球制造业中心，有"雾都"之称。19世纪中叶，随着产业转型，伦敦成为欧洲乃至全球金融经济、文化产业和大众文化的中心之一，以至有一位大作家说，如果你厌烦了伦敦，那你就厌烦了生活。伦敦的西敏寺、大笨钟等是游人必去之处，但对于学者来说最有调研价值的是大英博物馆。大英博物馆是国家博物馆，位于伦敦中心，建于1753年，是一座规模庞大的古罗马柱式建筑，是世界上历史最悠久、规模最宏伟的综合性博物馆之一。大英博物馆原来主要收藏图书，后来兼收历史文物和各国古代艺术品。18世纪至19世纪中叶，大英帝国向世界殖民扩张，对各国进行文化掠夺，大量珍贵文物运抵伦敦，使博物馆的收藏得到极大的扩充。目

大英博物馆

大英博物馆是国家博物馆，位于伦敦中心
建于1753年
是一座规模庞大的古罗马柱式建筑
是世界上历史最悠久、规模最宏伟的综合性博物馆之一

前博物馆的藏品达到800万件，其藏品之丰富、种类之繁多，为全世界博物馆所罕见。大英博物馆与美国大都会博物馆、法国罗浮宫同属世界顶尖级的博物馆，吸引我们前往去参观的不仅是其极其丰富的藏品，还有马克思的英名。

大英博物馆

我曾于几年前来过伦敦，参观过大英博物馆，印象十分深刻。大英博物馆可谓世界历史文化的百科全书，不仅有大英帝国从世界各地掠夺的大量珍贵文物，如古希腊的神庙、古埃及的木乃伊、中国的敦煌经书，还有大量的绘画艺术作品（特别是西方油画珍品）。我们特别询问了马克思为写《资本论》长年在图书馆查询资料而坐过的座位，当时图书管理员热心地带我们参观，找到一个配文字说明的座位，虽然座位两边并没有像课本上说的"双脚磨出的沟沟"，但我们还是深信不疑，十分高兴地在座位上拍了照。于是这次我自告奋勇地带大家去找寻这个"马克思坐过的座位"。然而令大家大失所望的是，大英博物馆去年的更新改造把马克思坐过的座位及其介绍的陈设取消了。我问为什么取消，有人说也许是马克思已逐渐被人们淡忘。我们表示不认同，因为英国人在世纪之交对该国千年名人推荐时，马克思赫然位列第一。旁边一位上了年纪的女管理员解释说，虽然马克思是一位名人，但他坐过的地方很多，没有特别不同的，也没有必要作专门介绍，这倒有一定道理。我猜个中原因，是中国游客越来越多了，在坚持马克思主义为指导思想的中国，人们对马克思怀有深深的敬意，他在大英博物馆为写作《资本论》这本无产阶级革命的经典著作而刻苦研读的故事早已为中国学生所熟悉，许多人来到伦敦后都会像我们这样寻找他的思想故土，不仅要求参观解说，还要照相留念，而博物馆人手不够，照应不暇，只好作罢。参观结束时，我在博物馆的纪念品商店买了一条领带，以纪念马克思。

丁力教授在"马克思坐过的座位"上留影

为了满足我们一行人的马克思情结，我们到了马克思经常作演讲的海德公园。海德公园（Hyde Park）是伦敦最知名的公园，也是最大的皇家公园，位于伦敦市中心的威斯敏斯特教堂地区，占地360多英亩，原属威斯敏斯特教堂产业。18世纪前这里是英王的狩鹿场。16世纪，英王亨利八世将其用作王室的公园。查理一世执政期间，位于东北角的是著名的演说者之角（Speakers' Corner），是一个允许民众公开发表演说的地方，也可以说这里是英国民主的标志性地点。19世纪以来，每个星期天下午，都有人站在装肥皂的木箱上发表演说,因此有"肥皂箱上的民主"之说。现在,演讲者大多数站在自带的梯架上,高谈阔论,慷慨陈词。在此除了不允许批评王室和颠覆英国政府的两个话题之外,可以自由地对其他的议题发表演说。曾在此发表演说的历史名人有无产阶级革命导师卡尔·马克思、列宁,左翼作家乔治·奥威尔和社会主义运动艺术家威廉·莫里斯等。作为皇家公园,这里是向市民免费开放的大众休闲的地方,气派非凡,美不胜收。高大的树木与大片的绿地相映成趣,各种水鸟在湖面上悠游,一对对情侣躺在草地上看书聊天。从这种温馨的场

海德公园

景中很难寻觅到一个多世纪前激烈的阶级对抗的痕迹,很难联系上工业革命时代"羊吃人"的悲剧以及"雾都孤儿"的景象。

　　找不到马克思曾经演说的确切地点,也没看到梯架上的演说家,多少有点遗憾。马克思认为无产阶级革命是一个自然历史过程,只能发生在生产力高度发达的社会基础之上,而世界革命如果发生,必然是在当时代表人类文明水平的最发达的欧洲。然而让他始料不及的是,他望眼欲穿的革命却首先发生在沙皇统治下的贫困落后的俄罗斯,从而改变了人类发展的进程。

　　我出国有个习惯,每到一个地方都要买一套明信片。在海德公园走了半天,都找不到明信片,好在到白金汉宫观看换岗时拿到一张免费派发的。白金汉宫是英国女王的皇宫,白金汉宫的换岗仪式因隆重且烦琐而出名,也是去伦敦旅游的必看项目之一。每年4月至9月,白金汉宫的皇家卫队每天都会于上午

11:30~12:00举行换岗仪式,其他月份每两天举行一次。卫兵在军乐和口令声中做各种列队表演,并举枪互致敬礼,一派王室气象。隆重的换岗仪式,既是宣扬王室神圣威严的需要,也是宣扬英国文化、吸引游客的需要。英国人是革命的先行者,也是改良的先行者,他们带着国王走进了资本主义,将来还可能带着国王走进社会主义,这是马克思始料不及的。

走累了,在塔桥边的椅子上聊天,看泰晤士河静静地流淌。塔桥是泰晤士河上最著名的景点之一,我和省委外宣办的人员曾爬到桥的上层一揽伦敦胜景。塔桥周边去年改造了,开辟了新广场,增添了不少椅子,让人们可以休闲地观赏泰晤士河的风光。泰晤士河名气很大,但并不是很宽阔,因其流经黑土地,河水呈浅黑色,相比水深而宽阔、明静的珠江,泰晤士河的自然景观在我看来逊于珠江,然而它两岸的每寸土地都渗透着历史与文化,它见证了近代以来世界文明史的翻天覆地的变革。马克思的《资本论》催生了东方不断成长中的社会主义,也带出了仍具生机活力的现代资本主义。

白金汉宫的换岗仪式

由于发现了唯物史观和剩余价值论,马克思揭示了人类社会历史发展和资本运动变化的基本规律,这两大发现使社会主义从空想变为科学,从理想变为实践。

1883年,恩格斯在伦敦马克思墓前的讲话充满情感和理性:"这个人的逝世,对于欧美战斗的无产阶级,对于历史科学,都是不可估量的损失。这位巨人逝世以后所形成的空白,不久就会使人感觉到。

"……一生中能有这样两个发现,该是很够了,即便只能作出一个这样的发现,也已经是幸福的了,但是马克思在他研究的每一个领域,甚至在数学领域,都有独到的发现,这样的领域是很多的,而且其中任何一个领域他都不是浅尝辄止。

"……现在他逝世了,在整个欧洲和美洲,从西伯利亚矿井到加利福尼亚,千百万革命战士无不对他表示尊敬、爱戴和悼念,而

泰晤士河上的塔桥

我敢大胆地说,他可能有过许多敌人,但未必有一个私敌。他的英名和事业将永垂不朽!"

马克思的不朽不仅在于他的学说为历史发展指出了方向,还在于他的学说仍然在实践中不断得到验证和发展,他和他的亲密战友恩格斯共同创立的马克思主义,开辟了人类文明进步的新纪元,"这一理论犹如壮丽的日出,照亮了人类探索历史规律和寻求自身解放的道路"。

写于2004年7月

重游剑桥、牛津

剑桥之美令人难忘,如果说有一个常去常新的大学城,那就是剑桥。2004年7月22日,我们从伦敦西南部的酒店出发,驱车约2小时到达剑桥。剑桥是17世纪时牛津大学部分教授与校方对立,到剑桥"另起炉灶"以后逐步发展起来的,现在剑桥已发展到36所大学和学院,以理工科为主,从这里走出了60多位获得诺贝尔奖金的科学家,可谓群星璀璨。

剑桥虽与牛津齐名,同为世界著名学府,但这里的气氛却与牛津不同。牛津被称作"大学中有城市",剑桥则是"城市中有大学"。尽管这里保存了中世纪的许多建筑,但就整个剑桥的外观而言,仍是明快而且现代化的。英国人的理性精神和绅士风度举世公认,这种精神和风度体现了文明的进步,它源于知识、文化和交往实践。剑桥无疑是这种精神和风度的摇篮和发源地之一。

七月的剑桥,阳光灿烂,绿草如茵,鲜花怒放,大批游客慕名前来,包括不少想到剑桥深造的学子及其家长。他们都想来这里感受一下世界一流学府的氛围,其中有不少中国人。午饭时我们遇见一群杭州青年,一位杭州姑娘说剑桥虽好,但不如杭州美。看来,经济发展起来后,中国人的自信心大大增强了。

除了在学术上的竞争,一年一度的划艇比赛也是剑桥和牛津之间引人瞩目的对抗。划艇比赛始于1829年,历史悠久,每年都在泰晤士河上进行,一百八十多年以来,双方各有胜负,实力相当。每年两校赛艇比赛的当天都会有20多万观众聚集在泰晤士河两岸观看比赛,收看BBC(英国广播公司)直播的有700多万人,还有116个国家的5亿观众也同步收看卫星转播。这个惊人的数字足以媲美英格兰足球超级联赛、温布尔顿网球公开赛男女单打决赛和

剑桥，虽与牛津齐名，
同为世界著名学府，但这里的气氛却与牛津不同。
牛津被称作"大学中有城市"，
剑桥则是"城市中有大学"。

F1（世界一级方程式锦标赛）英国大奖赛。

　　正值大学放假，不少大学生在剑河上为游客撑船兼职赚取学费。一位老人在桥头问我们是否在剑河乘船一游，我很赞成，但一问每人要花6镑，6个人36镑，折合人民币500多元，游兴顿失。

　　在去牛津的途中，我们游览了位于伦敦东南部的格林尼治天文台。格林尼治天文台建于1675年。当时，英国的航海事业发展很快，为了解决在海上测定经度的需要，英国政府决定在伦敦东南郊位于泰晤士河畔的皇家格林尼治花园中建立天文台。

剑河上的小船

剑河

1884年，经过这个天文台的子午线被确定为全球的时间和经度计量的标准参考子午线，也称为0°经线。第二次世界大战后，伦敦经济迅速发展，人口急剧增加，环境受到影响，天文台于1948年迁往英国东南沿海的苏塞克斯郡的赫斯特蒙苏堡。这里环境优美，空气清新，观测条件好。迁到新址后的天文台仍叫英国皇家格林尼治天文台。但是，格林尼治天文台并不在0°经线上，地球上的0°经线通过的是格林尼治天文台旧址。格林尼治天文台旧址后来成为英国航海部和全国海洋博物馆天文站，里面陈列着早期使用的天文仪器，例如早期用的沙子计时器。子午馆里镶嵌在地面上的铜线0°经线吸引着世界各地的参观者，到这里的游人都喜欢双脚跨在0°经线的两侧拍照留念，象征着自己同时脚踏东经和西经两种经度。我们也不能免俗，每人都到中界跨腿而站，以示脚踏东西半球，有的人还举手做"V"的手势，大有一种征服地球的豪气。

格林尼治天文台旧址

15世纪、16世纪人类天文学的重大发展是适应航海业的需要而取得的，近代工业革命也是航海业催生的，航海的需要，推动着物理学、天文学的发展及机械制造发明的兴起，为工业革命创造了技术和理性精神的前提。与此同时，东方的大清帝国仍然陶醉在落日的辉煌中，以世界中心自居，沉湎于以伦理本体为特征的文化思维方式，失去了生气勃勃的进取精神和技术发明的动力，以致成为一潭死水，积重难返，长夜无歌，万马齐喑，终于在千年变局中陷于落后挨打的境地。

与剑桥不一样，牛津是先有城市后有大学。牛津市从7世纪起就有人居住，到公元912年已成为英格兰的一个要地。"津"意为渡口，泰晤士河和柴威尔河在此会合，当时河水不深，用牛拉车即可涉水而过，牛津由此得名。牛津大学（Oxford University）是许多人前来造访牛津的最主要原因，它与剑桥一样，是英国最负盛名的两所大学之一。大学成立的确切时间已不可考，公元1167年，英格兰与法兰西战争之际，一些在巴黎大学研究的学者离开巴黎到牛津定居，同时吸引更多学者前来，12世纪末，牛津大学已成规模，13世纪中期之后各个学院陆续成立，开启了牛津大学的璀璨岁月。牛津大学在过去的八百多年中，为全世界培育出许多杰出人士，走出了30多位英国首相，前美国总统克林顿也曾在牛津读过研究生，听说牛津大学校董会曾想聘请他为校长，后因他绯闻太多而作罢。看来，政要当名牌大学校长也要参与竞争，现代社会里大学校长代表着知识精英，不仅应当是大学问家，也应是政治家、社会活动家，一个国家里大学校长地位的高低反映着该国的文明程度。

我们在牛津的叹息桥、博德利图书馆等建筑前照了不少相，深深为牛津的文化气息所吸引。牛津与剑桥是拉动英国教育产业的双引擎，世界无数的学子慕名前来求学，他们在学到文化知识的同时，也把英国的制度文化、生活方式带回自己的国家，所以说，教育是一个国家十分重要的一种软实力，教育既是民族的今天，更是民族的明天，邓小平同志在"文革"后恢复工作就自告奋勇抓科教，提

笔者被牛津大学的文化气息所吸引

出尊重知识、尊重人才，体现出一位伟人的远见卓识。

　　牛津有一个特点是有很多书店，书店的密度相当高，有的书店从15世纪开设至今，使城市充满学术氛围。在这里可以买到世界各地出版的书籍，即使书店没有现货，也可以代为邮购。其中拥有存书2万册以上的世界最大的学术书店布雷克威尔书店（Blackwell's Bookstore），已经成为牛津的观光点之一。这座百年老店虽然外表不起眼，但内部空间巨大，必须要依赖指示牌才能找到需要的类目。书店的顶层是二手书店，经常能找到绝版的好书。英国的书很贵，同样的一本书，价钱是国内的五倍。

　　在一街区拐弯处，传来一阵优美动听的小提琴乐声，只见一位50岁左右的穿红色衣服的女艺术家在演奏，十分专业和投入，自我陶醉的演奏中显现出一种艺术的自信，也许是外国的艺术家来这里寻找机遇。我请求与她合影，留下美好记忆。

写于2004年7月

布雷克威尔书店

迈克教授多次到广东，对广东的对外开放氛围和环境评价较高。
他认为广州及其周边城市要整合起来，
特别是要与深圳、香港整合起来，要学习纽约、东京、巴黎、伦敦、圣保罗等国际大都市，
有自己的文化风格，有自己的特色标志，从而给人深刻、难忘的印象。

迈克·费德斯通教授

2004年7月23日上午，从伦敦出发经三个多小时的高速公路车程，于中午12时多在诺丁汉城堡前与郁芳研究员"会师"。诺丁汉是我们这次出访的目的地之一，郁芳是我院派出到诺丁汉大学作为访问学者的第一人，整整一年都在英国学习深造。大家在路上就开始兴奋起来，想象见面时她穿何种颜色的衣服，是否保持着优雅的笑容，是否像西方人那样与我们拥抱，等等，见面时欢呼雀跃的场面可想而知。

午饭后，郁芳带我们到学校参观。学校分内外两个校区，与我院建立学术交流关系的诺丁汉文化学院在城外校区，换了新址，比我上次来访时好多了。郁芳的指导老师迈克·费德斯通教授是世界学界公认的研究全球化问题的学者，带着两个助手在这里编辑出版了在世界学界享有盛名的《理论、文化与社会》学术杂志。可见社科机构不在地方大小，而在于学术水平高低，在于是否处于世界前沿地位。正如中山大学原校长黄达人所说，大学不仅要有大楼，更要有大师。迈克教授的助手苏珊，一位漂亮的金发姑娘，在办公室与我们见面。在迈克教授办公室书架上，郁芳找到他到我院做学术访问时我送给他的一本书，也是我的博士论文《文化进步论——对全球化中文化的哲学思考》，我很高兴。

迈克教授是我们的老朋友，他几年前到广东省社会科学院演讲全球化与文化问题，这是促成我最终选定以这个题目作为我的博士论文题目的一个因素。迈克教授是一位国际型著名学者，对全球化、后现代思潮、消费文化等前沿问题研究享有盛名，他经常到世界各地讲学，2004年6月去了上海，对上海印象很好，认为上海、广东是中国发展的两根支柱，而上海由于文化积累和领导人的世界

眼光，发展比广东更有国际化特色。

迈克教授多次到广东，对广东的对外开放氛围和环境评价较高。他认为广州及其周边城市要整合起来，特别是要与深圳、香港整合起来，要学习纽约、东京、巴黎、伦敦、圣保罗等国际大都市，有自己的文化风格，有自己的特色标志，从而给人深刻、难忘的印象。他建议由广东省社会科学院每年邀请一批世界顶尖的各领域研究的学者展开对话交流，互相启发，为广州乃至广东的发展提出战略性、前瞻性、对策性的建议。

迈克教授也对全球化做了反思，认为反全球化运动兴起，是因为当今的全球化进程中产生了许多严重的问题，尤其是社会问题。当今世界的全球化是在西方国家的主导下进行的，这样的全球化不能公平对待世界每个国家，不能公平对待世界各族人民。世界随着全球化的进程日益分裂。另外，全球化的快速发展所带来的民族文化的消亡，以及环境破坏、自然物种消失和资源过度开发利用等问题也越来越突出，造成了全球化的危机。反全球化运动的兴起与发展，与人们反思全球化的本质及其带来的日益深刻的现状问题分不开。严格说来，"反全球化"一词本身并不确切，因为人们并不反对全球化本身，尤其不反对那种作为客观趋势和自然历史进程的全球化。那些强烈抗议全球化的示威人士自己都不大使用"反全球化"一词。准确地说，反全球化运动的人士反对的是西方主要发达国家主导的全球化，是这种全球化进程中产生的种种问题尤其是社会问题。不仅要从正面而且要从负面作用对全球化进行研究的观点给我们很多启迪，以西欧、美国为中心的全球化推动了资本、技术、信息、文化的全球流动，给发展中国家和地区带来了承接产业转移的发展机遇，但也带来不少问题，如能源危机、环境污染、社会分化等等，中国不能照搬欧美国家那样的发展模式和生活方式，否则在生态环境、社会管理、国际关系等方面将引起许多矛盾和问题。

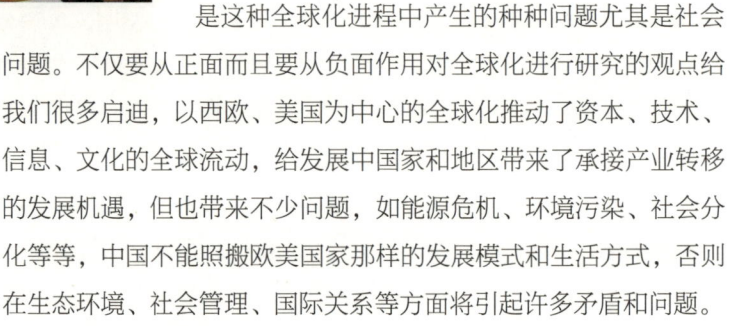

作者一行与迈克教授（中）座谈

时任院长梁桂全（左二）为迈克教授发聘书

诺丁汉大学

  我们既为全球化欢呼，也为全球化困惑。全球化既是科技、资本、市场的扩张，也是文化价值观的传播，其影响遍及世界各个角落和各个领域，它在为发展中国家和民族带来跨越式发展机遇的同时，也必然把西方的生活方式、文化模式辐射甚至强加到其他国家中，从而与文化的民族性、多元性发生激烈的冲突，其后果和前景都值得认真反思和考量。

  从诺丁汉到伦敦一路风光无限，多彩的麦田、无边的牧场、绿色的森林美不胜收，现代化不但创造了全新的城市文明，而且创造了全新的生态环境。丁力教授用了一句哲学的话说，这是人的本质力量的对象化。晚上，郁芳研究员带我们坐地铁游伦敦市中心圣保罗教堂一带夜景，正当周末，大街上都是人，中产小资们纷纷出来宣泄，酒吧、饭馆等人头涌动，广场上都是俊男美女，由此联想到"狂欢"等后现代学者常用的词，我们并由此讨论了"美"的概念。

写于2004年7月

温莎堡及名人故居

古堡是欧洲的一道风景线，而英国最有名的古堡应数温莎堡。为了解王室文化，我们到访英国的第三天来到了温莎堡。温莎堡是威廉一世为了防止法国人入侵而建起来作自卫的城堡，经历代王室不断扩建，形成了一个巨大的建筑群，是至今世界上历史最长而且仍然在使用的皇宫。征服者威廉一世为防止英国人民的反抗，在伦敦周围郊区建造了9座相隔30千米左右的大型城堡，组成了一道可以互相支援的碉堡防线。建于1070年的温莎古堡是9座城堡中最大的一座，坐落在泰晤士河边的一个山头上。经过不断扩建，到19世纪上半叶，温莎古堡已成为拥有众多精美建筑的庞大的古堡建筑群。听当地人介绍，温莎古堡占地0.07平方千米，作为一座尚有人居住的古堡式建筑，其面积为世界之最。古堡所有建筑都用石头砌成，共有近千个房间，四周是绿色的草坪和茂密的森林。英国女王伊丽莎白二世每年有相当多的时间在温莎城堡度过，在这里进行国事活动或私人娱乐休闲活动。平时，温莎古堡全部对外开放。每当女王到来，山顶上最大的那座宫殿会留给她，其余的地方仍然允许游人参观。我们渴望进古堡一睹风采，但是在去的路上不知何故，一些必经之路被警察堵住，堵塞了一个多小时，4时10分赶到时已经关了门，我们向守卫的警察说明我们来自遥远的中国，第二天就离开，能否特别放行，他们说即使是美国人也不行。一派皇室派头。

温莎堡确实美，在落日余晖下，显得气派非凡，高低错落的古堡顶尖伸向蓝天白云，城堡灰白的石墙显示出其历史的久远。古堡周边街道很精致，很多商店门口挂着鲜花篮。大批本国居民和海外游客到这里游览，一些扮成伊丽莎白时代美女的姑娘落落大方与游客照相，也看到一些穿着燕尾服的绅士，展示着温情脉脉的王室文化。

古堡是欧洲的一道风景线，而英国最有名的古堡应数温沙堡。

为了解王室文化，我们到了温沙堡。

温莎堡是威廉一世为了防止法国人入侵而建起来作自卫的城堡，经历代王室不断扩建，形成了一个巨大的建筑群，是至今世界上历史最长而且仍然使用的皇宫。

温莎堡

封建王朝与资产阶级的妥协，既为工业革命和现代化提供了空间，又保存了几千年的文明成果。英国本土千年间没有战争，"羊吃人"的市场扩张代替了改朝换代的刀光剑影，这是否是英国人理性的智慧呢？

很多英国政治家、科学家、艺术家，中国人都耳熟能详，丘吉尔是一个时代的伟人，丘吉尔庄园也是一个时代的印记。这个庄园是二战中伟大的反法西斯阵营领导人、前英国首相丘吉尔家族的世袭领地，占地超过11平方千米，清澈的河流环绕着庄园，周围是大片的牧场和草地，主体建筑像皇宫一样辉煌，后花园有点类似法国凡尔赛宫的后花园，美不胜收，一望无边。丘吉尔祖先是公爵，立过战功，丘吉尔也在一战时立了大功，国王封赏了大片土地。

丘吉尔庄园

到丘吉尔庄园参观的游人络绎不绝。我想游客来这里不仅是观光，更多的是缅怀丘吉尔对世界和平的贡献以及领略他的思想和人格魅力。这位战功卓著的反法西斯领导人不仅是伟大的军事家，而且是文学家。我曾经读过他的名著《第二次世界大战回忆录》，这部著作获得了诺贝尔文学奖。但二战后英国人戏剧性地抛弃了这位卓越的领导者，他再次竞选首相失败。战争时期人民选择的是意志和胆略的领导者，和平建设时期选择的是知识和管理的领导者。丘吉尔留下了许多精神遗产，包括他的幽默。由于他保卫英国的卓著功绩，当他退位时，英国国会拟通过一个提案，建造一尊丘吉尔铜像，置于公园供人景仰。丘吉尔知道后回绝道："多谢大家的好意，我怕鸟儿喜欢在我的铜像上拉屎，还是免了吧。"

莎士比亚故乡亨利街是我们访英的最后一站。莎士比亚的出生地也变成了不去感到遗憾的旅游点。位于斯特拉福地区的莎士比亚故居是一座带阁楼的二层楼房。这座老房子仍然保留着16世纪建筑的模样，泥土颜色的外墙，斜坡瓦顶，在周围的建筑群中十分显眼。1564年4月23日，莎士比亚出生在这座楼上二楼的主卧室。他的童年和青少年时代都是在这里度过的。莎士比亚故居里的家具和其他物件由莎士比亚出生地管委会下属博物馆收藏。除了展出收藏品外，博物馆还负责保管保留的收藏品。在莎翁故居，我们看到了他住过的房间、睡过的床、写的手稿以及他用过的家具。他从小就对舞台戏剧表现出极大的兴趣，很想当一个演员和剧作家，他很小的时候，他的父亲就把他抱在膝上看戏。我们看到"环球剧场"的模型，那里上演过莎翁大量的作品，包括倾倒无数观众的《罗密欧与朱丽叶》。

雨果说过："莎士比亚这种天才的降临，使得艺术、科学、哲学或者整个社会焕然一新。他的光辉照耀着全人类，从时代的这一个尽头到那一个尽头。"歌德这样评价他："我读到他的第一页，就使我一生都属于他了。读完第一部，我就像一个生下来的盲人，一只奇异的手在瞬间使我的双眼看到光明……感谢赐我智慧的神灵。"马克思对莎士比亚十分推崇，他的著作中引用或谈到莎士比亚的有三四百处之多。以至于有学者认为，莎士比亚为马克思的历史哲学研究提供了资本主义社会发展初期的生动的例证和典型。

在英国最后一天的晚餐，大家为郁芳在英国学习一年取得的成就，为我们相聚在伦敦而高兴。我们谈社科院改革的路向，谈建设国际性学术机构的构想，谈自己个人对社科院的前景展望。我们都认为社会的进步必将对知识产生极大的需求，也将对科研机构的改革创新提出更高的要求。

写于2004年7月

莎士比亚故居

哥本哈根与童话

丹麦是我们北欧之旅真正意义上的第一站。为了尽可能多一点时间了解北欧，我们凌晨4点30分起床，6点从伦敦希思罗国际机场起飞，一个多小时就到了哥本哈根。丹麦曾是欧洲较强大的国家，"丹麦海盗"闻名于世，建立过统治瑞典、挪威、德国、法国北部一部分的北海帝国。可能是与历史上的强盛有关，尽管哥本哈根只有500多

在小美人鱼雕塑前留影

万人口，但到处是宫殿、古建筑、博物馆、广场。独特的北欧风情养育了淳朴、开朗、健美的北欧人。我们到了不久，就发现北欧姑娘比英国姑娘更漂亮，在著名的"美人鱼"景点遇见一位卖青豆的美丽的姑娘，她落落大方地剥开豆瓣请我们品尝，趁此机会同事拍了一张与"卖豆姑娘"的合照。

丹麦童话是哥本哈根旅游的主题，而提到丹麦童话就不能不提到大名鼎鼎的安徒生。丹麦19世纪著名的童话作家安徒生全名叫汉斯·克里斯汀·安徒生（1805—1875），是世界童话文学的代表人物之一，被誉为"世界儿童文学的太阳"。他出生于欧登塞城一个贫穷的鞋匠家庭，童年生活贫苦。父亲是鞋匠，母亲是佣人。早年在慈善学校读书，当过学徒工。受父亲和民间口头文学影响，他从小喜爱文学。安徒生在学生时代就开始编写剧本，进入大学后，创作日趋成熟。曾发表游记和歌舞喜剧，出版诗集和诗剧。1833年出版长篇小说《即兴诗人》，为他赢得国际声誉，是

> 安徒生给全欧洲的一代孩子带来了欢乐。
> 他的作品《安徒生童话》已经被译为150多种语言，
> 成千上万册童话书在全球陆续出版和发行。

他成人文学的代表作。他最著名的童话故事有《小锡兵》《海的女儿》《拇指姑娘》《卖火柴的小女孩》《丑小鸭》《皇帝的新装》等。1838年，他获得作家奖金——国家每年拨给200元非公职津贴。

安徒生给全欧洲的一代孩子带来了欢乐。他的作品《安徒生童话》已经被译为150多种语言，成千上万册童话书在全球陆续出版和发行。安徒生1835年住过的公寓、位于市中心广场的安徒生雕像等都是游客必去之地，我们也去了，拍了不少照片。我们小时候都读过安徒生童话集，《卖火柴的小女孩》家喻户晓。安徒生童话以其丰富的想象力、扬善惩恶的价值观、优美的情节和文字，成为世界文化的一个重要组成部分，给千千万万不同肤色的孩子们的心灵送去真善美。安徒生终生未娶，酷爱旅游，足迹遍及欧洲及北美洲部分地区，在采集各民族童话

安徒生雕像

素材的过程中创造出不朽的世界名著。我国古训"读万卷书，行万里路"作为一个人的成才之道，蕴含着十分深刻的哲理。

北欧气候十分独特，由于靠近北极，夏天日长夜短，晚上10点夜幕才降临，早上4点多就天亮了，冬天则日短夜长，下午4点就雾色茫茫一片，早上10点后才见天亮。北欧的冬季特别的漫长、寒冷，也许是漫长的冬夜培养了北欧人爱读书、爱思考的文化个性，也由此造就了许许多多的文学家、科学家、诗人。相对而言，位于南方的新兴现代化城市，温暖的气候使人喜好夜生活，市场化的忙碌的快节奏挤掉了人们思想的时间和空间，这种文化土壤是不利于产生伟大的思想家和传世之作的。尽管如此，人们大都

哥本哈根港口

喜欢住在亚热带，宋朝以来，中国的人口、经济中心不断南移，改革开放后更是"孔雀东南飞"。

陪同我们的小谭是一位来自中国科技大学正在瑞典攻读博士学位的热情的小伙子，他说北欧国家的人患抑郁症的比例偏高，究其原因主要有以下三点：一是北欧地处高纬度，冬天太阳照射角度小，日照时间很短，黑夜漫长。人类缺少了阳光的照射，会导致调节人快乐因子的激素分泌大减，从而患抑郁症的可能性大增。二是北欧人口密度低，社区、学校、公司的人都很少，导致人与人之间的交流相对缺乏，容易产生孤独感，因而易患抑郁症。三是生活过于安逸。有人认为北欧的经济高度发达，人们的生活物质条件过于充足，导致有些人缺乏奋斗的精神，觉得生活没有意义，容易患上抑郁症。

夏季的哥本哈根港口的傍晚五光十色，人流涌动于公共广场、港湾、啤酒街，人们抓住可贵的短暂的夏天尽情地享受、交往，宣泄心中的情绪。人生苦短，感性生活是任何人不可缺少的。如何使人们既有丰富多彩的现代生活方式又不失去理性思维的传统，既有独立自主的空间又有紧密的社会联系，从而拥有健全的心智和人格。这是现代社会一道难解的大课题。

北欧是高福利的社会。丹麦、瑞典、芬兰等北欧国家的高福利是世界闻名的，医疗方面全民公费，无论城乡、不分人群，一律平等。即使远在格陵兰岛上的因纽特人，如得大病，也由飞机接到首都哥本哈根住院。病人住院期间，不但免费看病，还管一日三餐。在教育方面，从小学到中学到大学，全部免费。不但如此，国家还给每位18岁以上的大学生每月补助津贴3000克朗（与人民币汇率约1∶1.1）。国家鼓励生育。丹麦只有500多万人口，相当于广州人口的三分之一，芬兰、瑞典和挪威更是地广人稀。而且他们人口增长缓慢，甚至出现负增长，所以生育子女没有限制。每育一子，夫妇双方同时休假一年，丈夫专门照顾妻子和孩子，工资照发。如不愿自己带孩子，想去工作，可送至全托或半托幼儿园，费用也由政府支付。高福利的资源来自高税收。丹麦等北欧国家的税率很高，个人工资的三分之一左右要缴纳个人所得税。高税收高福利造成民众的创业精神弱化，同时也强化了一般纳税人的主人翁意识，"政府花的是大家的钱，理所当然地要为大家办事"的理念深入人心。在北欧，通常由亲民的社会民主党执政。

写于2004年7月

从哥德堡到斯德哥尔摩

　　从丹麦哥本哈根到瑞典哥德堡一路风光无限，出城不久就跨越尼勒海峡上连接丹麦西兰岛与欧洲大陆的跨海大桥，桥长16公里，据说目前是世界之最。过桥后车子沿着北海的卡特加特海峡往北奔驰，无垠的绿色原野展现着不断延伸的地平线，原野上点缀着红色屋顶和外墙的小农舍，像撒落在绿色大地的一颗颗红宝石，我们进入了一个美轮美奂的童话世界。沿路不时可以看到大海和大湖，海面和湖面上飘荡着休闲的白帆游艇，我敢说，北欧的高速公路及其两边的景色是全世界最美的。欧洲人的文化精神不仅体现在城市的建设上，而且体现在仿佛用艺术修饰过的农田的外观上，自然美与人文美达到了高度和谐。

在哥德堡的港口留影

> 哥德堡(Goteborg)是瑞典西南部海岸著名港口城市，
> 位于卡特加特海峡，约塔运河畔，与丹麦北端隔海相望。
> 它处于瑞典最大的河流——约塔河的出海口，
> 全市人口约90万，是一座风光秀丽的海港城。

哥德堡(Goteborg)是瑞典西南部海岸著名港口城市，位于卡特加特海峡，约塔运河畔，与丹麦北端隔海相望。它处于瑞典最大的河流——约塔河的出海口，全市人口约90万，是一座风光秀丽的海港城。哥德堡因为地处哥本哈根、奥斯陆和斯德哥尔摩三个北欧国家首都的中心，有450多条航线通往世界各地，成为北欧的咽喉要道，其方圆300千米以内是北欧三国工业最发达的地区，是北欧的工业中心。哥德堡是瑞典第二大城市，主要有轴承制造、钢铁、汽车、造船、木材加工、生化医药等工业。作为北欧对华贸易先驱城市，哥德堡一直具有对华贸易传统。1731年在哥德堡成立的瑞典东印度公司是瑞典第一家国际贸易公司，其与中国的贸易收益超过了当时瑞典国家预算，为瑞典带来了巨大的财富。1732年3月7日，瑞典东印度公司派往中国的第一艘商船"腓特烈国王"号出发。瑞典东印度公司成立后的75年内，瑞典东印度公司共组织了132次亚洲航行，除了3次到达印度，其余129次均为前往中国广州。前些年，广州市与哥德堡策划组织了"哥德堡"号帆船沿着海上"丝绸之路"从哥德堡横跨远洋到广州访问的盛举。"哥德堡"号进入广州珠江那天，瑞典王子亲自登船领航，在白天鹅宾馆上岸与广州市市长会面，重温两个城市的历史渊源、贸易往来和友谊。那天，广州万人空巷，市民们聚集在珠江两岸，对"哥德堡"号的到访表示了极大的热情，我也代表广东省社会科学院到白天鹅宾馆参加活动，见证了此次盛举。

我们在哥德堡的第一站是到沃尔沃汽车公司参观。沃尔沃汽车在全球销售，属于高级车系列，其安全性能堪称世界第一，安全带是它发明的。庞大的沃尔沃生产系统是由一位经济学专家和一位工程师创立的，科学的发展战略、管理方式加上不断创新的一流技术，是其发展的快速路径。企业和社会的发展越来越证明，科学技术创新离不开社会科学的价值支持，任何好的东西既是符合科学规律的，也是符合人性要求的。

从沃尔沃汽车公司出来后，我们在市中心大街上一路看到许多黑人在街头做行为艺术表演，其中一群黑人表演的打击乐使我想起19世纪60年代很流行的一个文艺节目"非洲战鼓"。北欧对移民较开放，大学学费也比较便宜，很多人毕业后留在当地，所以有人担心无节制的全球化将危及北欧本土文化。

告别哥德堡，驱车600多千米到瑞典首都斯德哥尔摩（Stockholm）。路上的景色宛如一幅幅油画。北欧风车发电很普遍，一排排慢悠悠转动的风车矗立在斯堪的纳维亚半岛上。蓝天、白云、绿树、金麦、红屋等色彩和谐地交织辉映，勾勒出高度现代化的乡村美景。看一个国家、民族的现代化，农村现代化是底线，农村的现代化不仅体现出一个国家发展的整体协调性，而且反映了一个国家的解放程度。北欧是社会主义因素最浓郁的西方国家和地区，公平和效率较好地取得平衡，社会民主党普遍执政。马克思的学说尽管没有作为这些国家明文规定的意识形态，但它的人文精

美丽的斯德哥尔摩

斯德哥尔摩

神和平等理想却成了现实。由此联想到，社会主义不应当只有一种理解、一种模式，而应当是民族的、多元的；不应当是封闭的、僵化的，而应当是不断创新、不断变革的；不应当是漠视人性的、冷冰冰的，而应当是人道的、和谐的、生态的。北欧模式不能照搬，但马克思关于社会主义革命要与各国各民族实际相结合的辩证法是普遍真理，不尊重辩证法必然受惩罚、走错路。

坐车从哥德堡到瑞典首都斯德哥尔摩需要5个小时，午后，大家对车外美丽的景观似乎疲劳了，昏昏欲睡，好在唐兵博士不断地播放刀郎的专碟，使大家兴奋起来。《草原之夜》《新疆好》《送战友》《敖包相会》等都是老歌，但刀郎对唱法进行了改编，在配器上做了很多创新。刀郎略带沙哑的深情的中音以及高亢纯净的高音伴着以悠扬沉厚的马头琴为主调的乐队、节奏鲜明热情的鼓点，具有很强的感染力和穿透力，把身处北欧大地的我们带回新疆大草原，让我们沉醉在爱情、乡情、战友情之中。民族风格和现代艺术手段的结合是创新的必由之路，同样的歌，一旦注入现代创新的灵魂，就使民族艺术流淌在历史的精神文化长河中。唐兵博士从中国科技大学到瑞典读书、创业，面对的是陌生的国度和环境，支撑着他的心灵世界的依然是渗透于血液之中的中国文化。我认为，在国外，中餐和中国音乐，是最能体现中国文化的好东西，是每个中国游子终身不能舍弃的文化基因。

写于2004年7月

迷人的斯德哥尔摩

瑞典仅有900多万人,但拥有世界500强企业15个,覆盖了医药、汽车等领域,其首都斯德哥尔摩是世界上最美的城市之一。斯德哥尔摩由14个岛组成,处在波的尼亚海与波罗的海交汇点,跨海大桥、地铁和穿梭往返的游船把这14个岛屿连为一体。千年的皇宫、豪华的宾馆、古老的商业街与现代博物馆等沿海而建,有北欧"威尼斯"之称。我们每人花110瑞典克朗坐游艇饱览了水城风光,面对这海城交融、海鸥飞舞的美景,女学者们也放下学术活动中的矜持,兴奋不已,在海天一色之间不断拍照留念。与伦敦相比,斯德哥尔摩显得青春焕发,到处是浪花、阳光和笑脸。

博物馆是一个城市的文化窗口,欧洲国家十分重视博物馆建设,从大英博物馆等综合型的博物馆到丹麦安徒生博物馆等专业型的博物馆,林林总总,各具特色。在瑞典我们参观了瓦萨博物馆。"瓦萨号"(VASA Musect)是一艘古战船,它是按照瑞典国王古斯塔夫二世的旨意于1625年开始建造的。历时三年,战船终于建造成功,并以瑞典瓦萨王朝第一位国王的名字命名。1628年8月10日,瑞典为"瓦萨号"举行盛大的下水首航仪式,然而当"瓦萨号"驶离码头不久,在海面突如其来的一阵强风袭击下,船体剧烈晃动,船舱进水,不久,竟沉入近海30多米深的海底。300多年后,为了让"瓦萨号"重见天日,以利于研究瑞典造船技术发展史和当时文化风情,瑞典政府于1961年4月组织人员,并邀请了来自美国和英国的打捞团队,将"瓦萨号"打捞出海。

当年秋天,"瓦萨号"被运到斯康森岛上进行全面修复,岛上建起了修船所和一座特制的船台,这就是如今的瓦萨博物馆的前身。从此,瓦萨博物馆一边修复古战船,一边对公众开放。瑞典的

博物馆是一个城市的文化窗口，
欧洲国家十分重视博物馆建设，
从大英博物馆等综合型的博物馆到丹麦安徒生博物馆等专业型的博物馆，
林林总总，各具特色。在瑞典我们参观了瓦萨博物馆。

专家、工匠采用各种现代化手段，将古战船恢复了原面貌。修复后的战船中，原始残骸占95%，从水中捞出的万余件船体附属部件和700余件雕塑，经过防腐、防缩处理之后，也都放回到船上原来的位置。今天人们在博物馆中所见的"瓦萨号"与300多年前的"瓦萨号"看上去没有什么不同。在博物馆"船上生活"展览室内，还陈列着当时"瓦萨号"上的生活情景。虽然"瓦萨号"的航海生命非常短暂，但经修复后，它仍然呈现了17世纪瑞典的造船技术与艺术，如今，瑞典人仍然视其为国宝。

"瓦萨号"古战船

瓦萨博物馆是北欧最大的沉船展览馆，挖掘和保育技术十分先进。这样先进的战船为什么顷刻沉没？全因为国王好大喜功。17世纪瑞典是北海强国，为了与波兰争夺海上控制权，瑞典国王致力于发展海军，并耗巨资建造"瓦萨号"作为国王的旗舰。国王为了展示国威，颁布行政命令加高一层，而且在船头船尾船身上附加了大量的木雕造型，但这艘当时算得上世界最大、最豪华的军舰刚下水驶出几百米就被阵风刮沉了，海水从炮眼涌进，顷刻沉没。300多年过去了，人们仍对这艘豪华战船念念不忘，于是在学者建议下把这艘船打捞上来，考古学家把全部物品包括几十个士兵的遗骨都清洗保存。当时只找到一个金戒指，这是船上唯一的金器，我们推测可能是船长的。沉船连同大量的物品，反映了17世纪的生产方式、制造水平、生活方式和社会结构。重见天日的沉船价值连城，而打捞和修复沉船的工艺也有重大价值，博物馆打捞的过程及船体和其他物品的修复过程都被拍成纪录片，瑞典政府建造了一个内部恒温的展览馆把船保护起来。看了纪录片和展物，我们想到战争是航海技术的催化器，殖民者掠夺财富的恶行推动了地理大发现，帝王的穷奢极欲往往成了民族文化积累的杠杆。黑格尔的"恶是历史的动力"在这里得到印证。瑞典政府不问这艘船是否战功赫赫，将其打捞出来只为了历史文化的研究和保存，可谓是极有眼光之举。

参观诺贝尔奖颁奖大厅是游客到瑞典的必选之地。诺贝尔奖是以瑞典著名的化学家、硝化甘油炸药的发明人阿尔弗雷德·贝恩哈德·诺贝尔的部分遗产（3100万瑞典克朗）作为基金，在1900年创立的。诺贝尔奖分设物理、化学、生理或医学、文学、和平五个奖项，以基金每年的利息或投资收益授予世界上在这些领域对人类做出重大贡献的人，于1901年首次颁发。1968年，瑞典国家银行在成立300周年之际，捐出大额资金给诺贝尔基金，增设"瑞典国家银行纪念诺贝尔经济科学奖"，1969年首次颁发，人们习惯上称这个额外的奖项为诺贝尔经济学奖。诺贝尔奖的颁奖仪式都是下午举行，这是因为诺贝尔是1896年12月10日下午4点30分去世的。为了纪念这位对人类进步和文明作出过重大贡献的科学家，在1901年第一次颁奖时，人们便选择在诺贝尔逝世的时刻举行仪式。举世闻名的诺贝尔奖颁奖典礼设在市政厅的蓝色大厅里，获得诺贝尔奖是多少科学家、文学家、政治家的梦想，不仅是因为奖金可观，更重要的这是极大的荣誉。诺贝尔在设定以自己的名字命名这个奖项的时候，可能没想到世界科技发展给世界带来如此巨大的变化，没想到这个奖项会对推动科学发展发挥如此重要的作用，没想到这个奖项在今日学术界所代表的荣耀。

斯德哥尔摩大学（Stockholm University）是世界名校，建立于1878年，最

诺贝尔奖颁奖在斯德哥尔摩市政厅举行

初只开设自然科学方面的课程。现今,大学下属有四个大的科系:法学、人文学、社会科学和自然科学,是瑞典规模最大的综合类大学之一,也是瑞典高等教育科研的中心机构。斯德哥尔摩大学商学院的汪院长是广东省社科院的老朋友,几次到社科院举办的大型论坛做学术报告。尽管我们探访的当天是休假日,汪院长还是提前5分钟在学院等待我们,十分高兴地接受了我们赠送的广东省社科院理事会常务理事证书,与我们商讨如何扩大学术交流合作,并带我们逐一参观教室、演讲厅、电脑厅。汪院长是一位经济学家,也是一位科技创造者,他一手设计了教室、电脑中心的自动控制系统,并亲自逐个演示给我们看,在展示过程中显示出一种创造的快意。

在斯德哥尔摩大学的座谈会上

访问斯德哥尔摩大学后,我们登上大型邮轮"马利来号"前往芬兰。这艘邮轮可载2000多人,有大型餐厅、购物商场、歌舞厅、游戏机等。海上之旅要持续到次日9时才到达芬兰赫尔辛基。从波罗的海经过奥兰群岛,进入芬兰湾。启程后的几个小时内我们都是在岛屿间穿行,无数的美丽小岛构成了瑞典独特的海岸线,许多海岛上都建有红色的、绿色的、白色的别墅,海湾里有无数的帆船荡戈。白色的帆、蓝色的海、绿色的岛尽收眼底,不时有飞艇疾行,激起一排排的浪花。海岸边、帆船上的男男女女裸着大半身子晒太阳。紫外线与植物结合形成叶绿素等养分,与人的身体结合则促进钙的形成和体质的增强。当然,对欧洲人来说还可达到使肤色更健康的效果。世界是公平的,它让北欧人在熬过长达8个月(从9月起到次年5月)的寒冬后,又让他们尽情地享受温暖的阳光、凉爽的夏日、美丽的海景。据说我们出访的时间是北欧最好的季节,人们都抢在这个时间休假旅游,享受人生。也许这是主宰世界的理性的安排,亚洲人有亚热带舒适的气候,但缺少石油和矿产;中东人有极其丰富的石油,但必须在干旱酷热的沙漠上耐渴;欧洲人有富饶的平原和充足的水,但又给他们

芬兰湾上的日出

寒冷而漫长的冬天。非洲人普遍贫困，但上帝又给他们强壮的体魄和优美的曲线。晚上，我们一行占据了一个观海的好位置，边喝啤酒边欣赏尚未消失的晚霞。

游轮穿行在汹涌的大海上，黑茫茫的一片，而船上的人们没有任何睡意，大厅的音乐震耳欲聋，酒吧人头涌动。欧洲人普遍富裕，这样坐邮轮的生活是家常便饭（而对我们来说则有特殊的纪念意义），他们中的许多人不一定有很远大的关于社会和人类未来的理想，而更多的是今天、明天如何享受，然而他们幸福吗？

凌晨4时醒来，想起与同事约好的观日出之事，急忙起床上顶层甲板，怕风大，穿上了羊毛衣。在游轮上，还见到一些情侣毫无睡意，忘情地玩游戏机。登上甲板，空旷的甲板上只有我一个人，看"马利来号"迎着朝霞在芬兰湾上劈波斩浪，顿生一种"乘长风破万里浪"的豪气，一种"自信人生二百年，会当水击三千里"的壮志。不多时，同事也上来了，只见一轮红日从灰暗的云彩中露出，深蓝色的海面上顿时闪亮起来，海鸥飞舞翩翩，浪花银光闪闪，"太阳每天都是新的"，太阳赋予大海以生命，人类赋予大海和太阳以历史，历史在人类和自然的主客矛盾运动中延续前行。

写于2004年7月

赫尔辛基的『岩石教堂』

穿越波罗的海，2004年7月30日9时前到达芬兰首都赫尔辛基（Helsinki），接我们的是来自山东青岛的哈尔滨工业大学毕业的刘先生，他到这里已4年，攻读硕士。芬兰是福利国家，读书免学费，干三个月的临时工就够一人一年的学习生活费用了。他对芬兰的经济很熟悉，一路上介绍芬兰，这个国家仅500多万人，但出了一个世界最大的手机制造企业——诺基亚。诺基亚总部位于芬兰埃斯波，是一家主要从事移动通信产品生产的跨国公司，成立于1865年，起初以造纸为主业，后来逐步向胶鞋、轮胎、电缆等领域扩展，最后发展成为一家手机制造商。自1996年以来，诺基亚连续14年占据市场份额第一，是芬兰的骄傲。除高科技外，芬兰的造纸业、破冰船制造业也很发达。在政治上，芬兰在俄罗斯、德国、瑞典几个强国的挤压中生存，历史上是一个殖民地国家，在人种、文化上不排外。

有可能曾经是殖民地国家的缘故，芬兰国民性格较懦弱，敬畏大国邻居，我们看到一个城市中心广场高耸着俄国沙皇亚历山大二世的铜像。亚历山大二世在对芬兰殖民统治的过程中，对当地的教育、经济、城市建设建树颇多，所以芬兰人竖铜像纪念他。马克思说过，资产阶级在开辟世界市场的同时，用火和剑把西方文明传播到东方国家。近代以来，西方文明在代表先进生产力和先进交往方式以及优秀文化方面，具有世界历史的普遍性和必然性，它之所以能传播，不仅有帝国主义列强用武力强加于人的因素，还有文明、文化流动的本性的因素。而文明、文化的流动本性，实质上是人向善向美、趋利避害、追求进步的本性。作为发展中国家，如何既主动接受西方先进文明而又维持民族文化的传统精华，既走向现代化而又保持民族的尊严和特色，是全球化进程中的一个悖论性的重大

> "岩石教堂"整个建筑物就像一个岩石洞加上一个透明闪光的圆顶,
> 没有很多的宗教器具和绘画,
> 只在门口门顶上架着一个十字架,
> 显得很有现代气息。

笔者在岩石教堂

课题。

赫尔辛基的"岩石教堂"(Temppeliaukio Church)很有特色。"岩石教堂"又名坦佩利奥基奥教堂,位于赫尔辛基市中心的坦佩利岩石广场。岩石教堂由斯欧马拉聂兄弟设计,完成于1969年,主体部分是利用位于住宅街的岩石高地建造而成,为了不损及自然景观,将岩石部分往下挖掘,教堂就建造在天然岩石中。教堂为圆顶,教堂顶部的玻璃屋顶以铜网架支撑,直径24米,外部墙壁以铜片镶饰,内壁则完全保持了天然的花岗岩石壁纹理,其余的壁面仍保有原始的岩石风味,教堂入口走廊为隧道状,入口处则涂以混凝土,整座教堂如同着陆的飞碟一般。

"岩石教堂"整个建筑物就像一个岩石洞加上一个透明闪光的圆顶,没有很多的宗教器具和绘画,只在门口门顶上架着一个十字架,显得很有现代气息。进入教堂的人不多,多是游客,个个神态肃穆,若有所思,有的在前台做祈祷,有的在椅子上听音乐。教堂经常用作音乐厅用,教堂右边石墙上悬挂着一个中等大的管风琴,演奏着《天鹅之死》等缓慢、柔和、优美的乐曲,使人一进来就觉得处于一个精神洗尘、思想净化的环境之中。管风琴号称乐器之神、乐器之王,音量洪大、音域宽广、音色优美厚重,给人一种神圣感、和谐感,因而是教堂唱圣诗、做礼拜必用之乐器,也是现代化音乐厅的标配。一台管风琴相当于一个乐队,能奏出气势不凡的和声效果,离开教堂,和声仍在耳边回响,久久挥之不去。

西方天主教、基督教经过千年的演化,逐步褪去中世纪文化专制的色彩,融入了更多人性化、世俗化的因素,当今全球化、现代化浪潮没能使之边缘化;反之,更需要它在利益分化、价值多元的现代社会中发挥精神纽带的凝聚、教化作用,给民众以心理慰藉和价值支撑。我们传统的思想工作是否也应该摒弃僵化、生硬的面孔,从西方宗教形式变革中得到启发,使之与时俱进,贴近大众,贴近生活,走进社会生活,在与民众共鸣中发挥引领作用?这是一个文化的课题,也是一个政治性的课题。

写于2004年7月

法国人的福利

巴黎街道上的落叶随处可见，一是法国人习惯不扫落叶，认为叶落归根才符合生态规律；二是缺乏劳动力，无暇顾及市政细节。法国早已进入老龄化社会，严重缺乏劳动力。欧洲劳动力不足，生育率低是原因之一（亨廷顿把生育率问题提到文明模式的竞争力层面来分析问题），但更主要的原因是制度原因，也就是法国乃至欧洲的福利制度使自己失去了竞争力。

陪同我们的朱博士在法国已20多年，拿到化学博士学位后留在法国工作，他有三个子女，对法国福利制度十分熟悉，例如法国子女教育负担较轻，不但从小学到高中都享受义务教育，而且每年开学前每位学生还收到政府发放的250欧元的学杂费。此外，失业保险、养老福利等都很好，如失业保险，失业人员在20个月内有政府生活补贴，头8个月可拿到百分之八十，再下来的4个月可拿到百分之六十，依次递减。可以说，从出生起，每位公民都能得到社会优厚保障。这种制度对社会和谐功不可没，当年马克思、恩格斯研究的无产阶级反抗资产阶级的殊死斗争的社会基础不复存在，有人甚至认为现在的欧洲已经是马克思、恩格斯理想社会的实现。但也正是这种制度，导致欧洲经济发展动力严重不足，不仅资本者投资动力缺失，而且劳动者工作热情缺失。朱博士说到前不久，萨科奇政府通过一项法案，把退休年龄从62岁提高到65岁，引起了全国工人职员的大罢工。右翼政府的改革阻力很大，但左派反对改革的方案也得不到普遍认同，法国正处于进退两难的境地。我们从巴黎转机返香港途中，直接领略了法国航空员工

香榭丽舍大道

> 法国的福利制度十分完善，
> 几乎每一个法国人从出生到死亡，都可享受某种基本社会保障，
> 形成了一套"从摇篮到坟墓"的社会保障制度。

罢工的"待遇"，由于缺乏后勤人员，飞机的机械检修、机舱清洁都拖拖拉拉，耽误了近两个小时。在欧洲，任何降低福利水平的改革都会导致社会动荡，甚至导致执政党下台。

法国的福利制度十分完善，几乎每一个法国人从出生到死亡，都可享受某种基本社会保障，形成了一套"从摇篮到坟墓"的社会保障制度。法国的社会保障体系非常复杂，分类很细，粗略地可以分为四个方面：养老保障、医疗保障、家

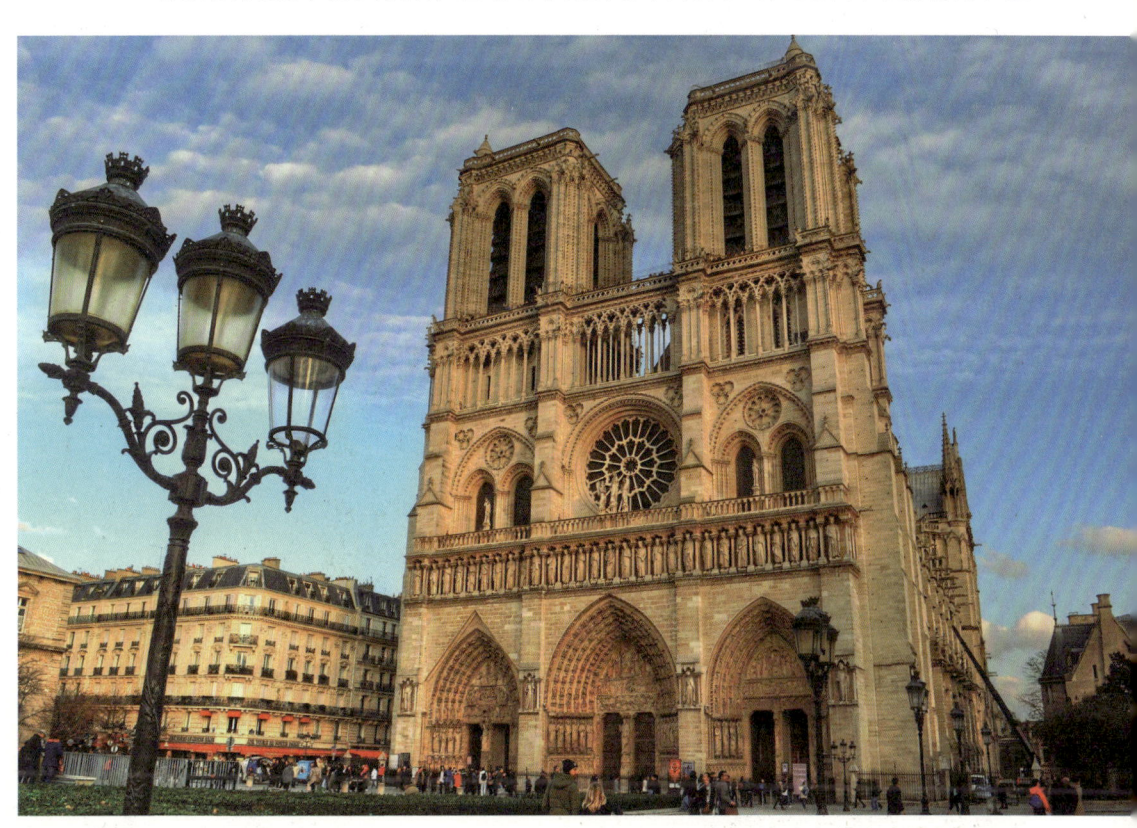

巴黎圣母院

庭补助金以及失业保障。法国福利制度体现了法国所强调的强烈的平等精神，其特点是以大众的需求为导向，形成保险与救助相结合、国家社会保障与行业社会保障相结合、官方和非官方相结合的政府、部门机关、社会、社工机构的良性循环。对于外界认为欧洲福利太好使劳动者懒惰的观点，朱博士认为是错误的。劳动者的剩余价值应当全民分享，工人也应当享受旅游、休假、娱乐的权利，而不是被看作机械式的存在。只有劳动者拥有越来越多的闲暇时间，才能再生产出高素质的新一代劳动者。

巴黎是欧洲文化中心，由于时间紧，我们匆匆参观了巴黎圣母院和罗浮宫。巴黎圣母院有600多年的历史，几百年来经历了时代的巨大变迁，其中最为人乐道的是拿破仑加冕大典在这里举行。罗浮宫是路易十四搬迁凡尔赛宫后改建的，收藏和展出无数雕塑、绘画珍品，最有代表性的是古希腊罗马雕塑胜利女神、维纳斯和

罗浮宫

达·芬奇的油画《蒙娜丽莎》。从华南师范大学毕业后来巴黎的林老师强调，罗浮宫展示的旷世珍品都是真品，是全人类的文明财富，尽管这些珍品对民众开放展示可能会造成损坏，但让所有人一睹其真容才能实现它的真正价值，为避免损坏而用代品展示是违背法国的世界文化精神的。

法国人一直怀有传播自由文化精神的情怀。法国大革命以不妥协的彻底性成为真正意义上的资产阶级革命。共和精神、人道主义精神融入了法国人的骨髓。埃菲尔铁塔高耸云天，张扬了工业革命和共和革命的成就和理想。埃菲尔铁塔与塞纳河相辉映，成为巴黎的地标。法国在美国独立战争中站在美国人一边，巴黎市长给纽约赠送了著名的自由女神像。法国人可以容忍克林顿、卡恩的风流韵事，但绝不容忍任何独裁和专制。利比亚革内乱又给他们彰显所谓自由精神的机会，迫不及待率先承认反对派，派飞机、航空母舰支持反对派，终于扳倒了统治利比亚42年的卡扎菲。今天报道说卡扎菲已被打死，法国人显得特别开心，在电视上滚动报道。

崇尚自由的法兰西民族精神突出体现了拉丁文化的特性和风格。以卡门为题材的文学、音乐作品长盛不衰，典型地反映了法兰西民族"不自由毋宁死"的主体价值精神，为爱情赴汤蹈火的骑士浪漫精神。这种精神也催生了法国人的艺术和时装等文化。路易威登手提包（简称LV包）是法国给全世界女士的杰出贡献，尽管在我们看来它的款式和颜色都有点呆板，但无数女士为拥有这种包包而疯狂。

塞纳河赋予巴黎灵性和历史。没有塞纳河就没有巴黎。经过几十年的治理，塞纳河水清景美，目前河里有35种鱼类。鱼类的多少是河水生态的主要标志。我们有幸享受了塞纳河夜游。不甚宽阔的江面上游船如织，穿过一座座桥梁，许多桥上装饰着历史题材的大理石或青铜的雕像，使每座桥都显示出不同的风格，穿梭往返的游艇的灯火与夜空中高高耸立的铁塔的灯火相映生辉，构成一幅如梦如幻的夜巴黎的水彩画。

埃菲尔铁塔

写于2011年10月

德国哲学与制造业

莱茵河畔

从巴黎到海德堡600千米，中途经卢森堡，几乎看不到明显的国界，高速公路上各种国籍的汽车川流不息，没有任何验证、过关等概念，边防警察、军人也全然不见。欧洲一体化尽管遭遇主权债务危机冲击，但经济全球化区域化的脚步不会就此停步，经济相互依存必然导致文明和政治上的深入融合。"9·11事件"引发的不同种族意识形态的尖锐冲突不过是人类文明一体化历史长河中的一个浪花。

海德堡是我们进入德国的第一站。一个巨大的用油印机零件拼制的太空人耸立在城市入口处。这里生产的油印机世界闻名，我估计广东的许多大报社都采用。制造业是德国经济的支柱产业，如精密仪器、光学仪器、大型机械、汽车制造等等，后工业化带来的产业空心化问题没有在德国出现，国际金融危机的冲击没有美、英、法严重，所以默克尔总理仍然比奥巴马、萨科奇牛气。德国经济一直较快平稳发展，除了制造业，还得益于中小企业的活力。根据联邦劳动署统计，尽管工业界对当前经济发展形势悲观情绪增长，但德国劳动力市场仍保持兴旺态势，中小企业的订单数量和就业形势保持良好，对今年全年经济增长有信心。

德国古典哲学是欧洲近代哲学发展的高峰，德国哲学与德国制造业同样繁荣，二者之间是否具有内在联系？精密机器的设计制造需要缜密严谨的分析性思维，而对世界的把握需要宏观抽象思维，二者都是理性思维的不同形式、不同层次，有着内在联系。但为什么在高度发达的理性思维的国度竟然产生出希特勒法西斯主

> 海德堡是德国制造、化工、
> 会展产业的中心城市，也是古风浓郁的历史文化名城。
> 站在海德堡的古城堡眺望莱茵山谷，
> 顿时涌起一种历史的厚重感。

义？我们不能由此贬斥理性，因为这只不过说明理性不能片面发展，工具理性追求效率，任其发展到极致必然导致人种优胜劣汰的法西斯理论，工具理性要以价值理性为平衡，二战后法兰克福学派兴起，发出现代性批判的先声，正是理性思维的自我完善。体现盎格鲁撒克逊理性文化的德国、英国文化，体现拉丁浪漫文化的法国、意大利、西班牙文化，深刻影响着民族国家的经济社会发展，影响着民族国家的生活方式。如德国、英国的劳动生产率比法国、意大利更高，城市更干净，而法国、意大利的饮食、服饰工艺水平比德国、英国的更高，人们的生活更有情趣。有位法国朋友在承认巴黎街道比不上柏林街道洁净后风趣地说："没错，我们的街道不如他们的干净，但我们的生活更有味道。"

海德堡是德国制造、化工、会展产业的中心城市，也是古风浓郁的历史文化名城。站在海德堡的古城堡眺望莱茵山谷，顿时涌起一种历史的厚重感。这个古城堡是莱茵山谷数百个中世纪城堡中的一个，由于历经诸侯战争的洗劫，城堡只剩下半壁耸立的废墟，虽然历经数百年，但从其城墙之厚实、雕塑之精美、酒桶之硕大、景观之开阔，仍然可以看出当年贵族王公的不凡气度。城堡下莱茵河静静地流淌，默默地滋润着两岸的葡萄园；教堂的哥特式尖顶在夕阳余晖下昂首挺立，与一片片金黄色的枫树林相掩映。随着晚风吹送，阵阵钟声在山谷间久久回响。在城堡旁，我们瞻仰了大文豪歌德的纪念碑，他的旺盛的文学创造力，他的《少年维特之烦恼》等不朽名著，似乎在莱茵山谷的无数历史遗址与长流不息的莱茵河水中找到了解释的答案。

日耳曼民族是一个善于反思的民族，他们从英国工业化污染、二战人道生灵惨剧中吸取教训，对和平、生态十分重视。在日本福岛核电站泄漏危机后，核电被德国政府彻底否定。在欧洲，生态绿党渐成气候。

参加德中贸易促进会

写于2011年10月

美丽的莱茵河

到欧洲，不游莱茵河是一大憾事。1994年秋，我和广东对外文化交流协会的同志到了法兰克福，在郊外沿着莱茵河支流美茵河东岸走了一段，河边小镇的美景至今仍然在我心里留下深刻印象。这次我们一行在将至科隆的一个码头登船，坐船到博帕德（Boppard）上岸，领略了莱茵河两岸醉人风光。

莱茵河全长1390千米，它发端于瑞士东南部的阿尔卑斯山，蜿蜒流过奥地利、法国、德国、荷兰等十几个国家。清澈的河水带着阿尔卑斯山的澄净，带着欧罗巴文明的积淀，千万年来滋润着欧洲大地，见证了欧洲历史的变迁，催生了近22万平方千米流域上大大小小的城市。我们途经的一段是最具中世纪历史价值的山谷景色，教堂、古堡、葡萄园构成了生态、历史和现实的三维画面。

船游莱茵河

莱茵河两岸乡村的教堂都不大，但一个接着一个。山谷之间，教堂的哥特式尖顶宁静肃穆，坚定地直指苍穹，仿佛宣示着它的权威。千百年来，这些教堂维系着社会秩序，主持人间的正义与和谐。

远处的古堡使莱茵河两岸具有神秘感和时空感，它把人们带回到漫长的中世纪。这些古堡大多修建在陡峭的山崖上，气派非凡。德国曾经是诸侯林立的农业国，每个诸侯都以雄伟的古堡展示实力，既保护臣民，也供自己享受。时过境迁，这些城堡早已人去楼空，但政府制定法律严格保护，作为文化研究和旅游观光之用。听说有些中国人对这些古堡的商业价值产生兴趣，投资购买，开办旅

莱茵河全长1390千米，
它发端于瑞士东南部的阿尔卑斯山，
蜿蜒流过奥地利、法国、德国、荷兰等十几个国家。

莱茵河两岸的古堡

馆或贮藏葡萄。

　　深秋的葡萄园是莱茵河谷最美的景色。连片的葡萄园给河岸铺上了橙黄色与褐红色的光彩。由于日照充足，温差很大，莱茵河的葡萄品质上乘，不少酒庄能酿造优质葡萄酒。原来法国的葡萄酒比德国的好，因为法国处于南方，阳光更充足。现在德国红酒质地也赶上来了，因为全球变暖，温带北移，给德国酒业带来了新机遇。看来，任何事物都有两面性。

　　莱茵河不仅是一道亮丽的风景线，而且是一条重要的经济带。只见河上各式游轮往来频繁，有的长一百多米，高四五层，世界各地的游客都慕名而来，趁着满山红叶、漫江碧透的季节纷至沓来。莱茵河的经济价值不仅在于旅游，更重要的是航运。满载货柜的大船时不时在不太宽的急流航道中破浪前进，淡定从容，它们将德国制造汇集到阿姆斯特丹，再运到全世界。

　　有一个关于莱茵河的美丽神话传说。几百年前，莱茵河的女儿罗蕾莱（Lorelei）住在莱茵河中的一座巨石上。她是一位绝色的金发美女，更有着举世无双的美妙歌喉。每当她坐在河畔的巨石上梳理自己的金色头发并且歌唱着动听的歌谣时，所有听到她歌声的船夫都会立刻爱上她。在罗蕾莱所在巨石的下游，有众多危险的漩涡和尖棱的石头。被罗蕾莱深深吸引的船夫们无心理会这些，结果船身被撞破，船员都葬身河底。有一天，库法尔茨的王子乘船到了这块巨石旁，王子和水手们也被罗蕾莱迷住了。当然，这艘船也撞到了莱茵河里的石头，沉了。其他所有的人都淹死了，唯独王子活了下来。为了见到罗蕾莱，王子爬上了巨石，当他爬到巨石顶上时，罗蕾莱吓了一跳，然后跳入了莱茵河里。王子怀着悲伤的心情回了家，他茶饭不思，甚至对生活也失去了兴趣。王子的境况令他的父王很悲伤，也很生气。他命令士兵去把罗蕾莱抓住并且杀死。当士兵们爬到巨石上时，他们发现了绝色美人罗蕾莱。当士兵们开始进攻的时候，罗蕾莱向父亲大声呼救，莱茵河变得不再平静，河面泛起了几米高的巨浪。罗蕾莱的父亲用巨浪把他的女儿带回到潮水当中，拯救了自己的女儿。罗蕾莱不再用歌声和美色诱惑过往的船夫，他们从此可以专注于河水中的巨石。而那个悲伤的王子则孤独地活着，终身未娶。

现实的莱茵河年复一年养育着大地和人类。我们从空中俯瞰壮观的莱茵河。我们乘坐汉莎航班从汉堡到米兰，几乎跨越欧洲的大半腹地。放眼舱外，欧洲大地一片葱绿，在苍茫的原野间，呈深绿色的莱茵河格外醒目。大片大片的森林披挂在平缓的山地上，默默滋养着莱茵河；几何般整齐的农田、果园伸展在河的两岸，把莱茵河的河水转化为果实，慷慨奉献给人类；泛着银光的湖泊像撒落的珍珠点缀在河流的四周，为莱茵河提供蓄放功能。越靠近河的源头——阿尔卑斯山，湖泊越密集，像五线谱的音符错落有致地环绕着莱茵河。这些湖泊终年吸收着阿尔卑斯山的雪水，又源源不断地注入莱茵河，成为莱茵河千里奔腾、生生不息的源头活水。阿尔卑斯山是欧洲第一高山，秋冬更替使它气象万千，顺着莱茵河逆流而上，赤橙蓝墨的森林，莽莽苍苍的雪峰，变幻无穷的云海，尽收眼底。

写于2011年10月

从飞机上俯视莱茵河

罗马的温州商人

中国的对外开放和发展市场经济不仅极大地改变了我国区域经济格局，而且极大地改变了区域文化格局。近几年温州经济现象已引起经济学界的重视，而温州人的文化影响力及风格也开始进入人类学和社会学研究的视野。我们的法、德、意之行就强烈感受到温州商人在欧洲的影响，可以说，温州人在欧洲的影响力不亚于广东人在北美的影响力。要提升中国在欧洲的形象和文化竞争力，就不

罗马古城

温州与欧洲有着历史的纽带联系在一起。
1876年《中英烟台条约》签订后,温州被开辟为通商口岸,
温州人就开始随商船到国外去,这是去欧洲地区的第一代人。
温州人到欧洲淘金的路线有陆路和海路两条,其中以海路为主。

能不更加重视温州华侨华人在欧洲的经济文化活动。

温州与欧洲有着历史的纽带联系在一起。1876年《中英烟台条约》签订后,温州被开辟为通商口岸,温州人就开始随商船到国外去,这是去欧洲地区的第一代人。温州人到欧洲淘金的路线有陆路和海路两条,其中以海路为主。陆路是先到朝鲜,由朝鲜到西伯利亚,经俄罗斯到欧洲。海路是先到上海,随货船到西班牙或者法国马赛,再通过铁路到西欧。

我对温州人的印象仍然停留在20世纪80年代,他们走遍广州街头擦鞋补鞋,以人们眼中低贱卑下的手工劳动换取每天几块钱的收入,90年代后期,他们似乎一夜间从街头消失了,不再是走街串巷而是漂洋过海闯天下了。广东省领导人曾经在干部大会上对广东人和温州人做比较,说广东人原来闯南洋,到美国西部拓荒创业,但现在闯荡世界的大多是温州人,温州人大量移民欧洲,活跃在欧洲鞋子、服装市场。相比之下广东人小富则安,留恋在家里煲老火汤了。尽管温州人富了,但我总觉得他们有炒楼致富心理,过于急功近利。我的这种看法,被昨晚意大利南部瑞安同乡会接待我们一行的活动改变了看法。

瑞安同乡会是罗马温州同乡会中最大的一个。邀请我们一行的蔡先生是广东政协社法委特聘委员,也是瑞安同乡会的老会长。他刚好这段时间返家乡处理一些事情,由他的儿子小蔡先生负责接待。小蔡先生英俊帅气,彬彬有礼,谈吐不凡,看起来二十出头,但他说他已是三个孩子的父亲。小蔡先生没有承传父业(服装业),而是从事股票证券业,对国内国际经济形势特别是欧债引起的金融波动十分关注,分析起来头头是道。他们这一代已经超越其父辈,有更强的创新意识,有更广阔的世界眼光,有进入新产业的目标及能力。我相信,不出三五代,他们完全有可能进入主流社会,涌现出美国驻华大使骆家辉那样的华人政治家。

较之过去,欧洲的温州人有更强烈的社会责任感。在瑞安同乡会专门为我们一行举行的座谈会和宴会上,王会长和范秘书长显示出新一代侨领的气质。他们

拜访罗马温州商会

为我们分析了意大利社会福利保障制度的利弊，提出国内的改革既要逐步完善企业员工福利待遇，又不能操之过急，要防止过去那种超越能力条件的"大锅饭"。尤其可贵的是，他们积极投入社区建设，发起建立华商保安网络，得到当地警察机构的认同配合，也得到中国驻意大利大使馆的高度评价。大使馆的曲领事在百忙中也赶来参加宴会，她的到来既是表示对广东政协访问团的重视，也是表示对瑞安同乡会的肯定和友好。作为资深外交官，曲领事在当地侨界人缘、口碑都很好，王会长和各位副会长称她为"曲姐"。宴会一直持续到十点，在一片热烈浪漫的氛围中结束。

温州人在欧洲的成功，首先得益于全球产业链的重构，欧洲劳动力昂贵，温州人经营的生活用品和饮食业有较强竞争力；其次得益于协同合作，他们在资金筹集和产业配套上互相帮助，形成规模，罗马中心城区建有温州人经营的名牌一条街；再次是与国内密切联系，利用现代物流信息流，在罗马和温州之间建起了前店后厂。这些是广东人在美加发展做不到的。当然，在2009年欧债危机中，温州人也面临新挑战，如产品被认为是倾销而受到抵制，或者因欧洲人消费紧缩而滞销，还有资金链断裂，等等。我们相信勤劳聪明的温州人有能力解决新挑战、新问题，在欧洲开创出更美好的新天地。

写于2011年10月

伊斯坦布尔：皇宫、海峡、集市

土耳其对我来说，是一个遥远而又神秘的国度，它横跨欧、亚两大洲，连接黑海和地中海，是贯通欧洲、亚洲、非洲的枢纽；它有着辉煌的历史，其前身是延续到20世纪的奥斯曼帝国；它有着独特的文化，政治上是总统共和制政体，而99%的国民信奉伊斯兰教；它大部分国土在亚洲，首都也在亚洲，但最大的城市伊斯坦布尔却在欧洲，正在为加入欧盟而奋斗。从地缘政治上看，土耳其无疑处于文明冲突的前沿，了解土耳其，也许能为解开现代化进程中文明的冲突与神秘的斯芬克斯之谜找到一点头绪。

皇宫是封建帝国的权力中心，代表了帝王的威严。要了解土耳其的昨天——奥斯曼帝国，就不能不看皇宫。我们在伊斯坦布尔的最大收获是参观了托普卡帕宫和多尔玛巴赫切宫。托普卡帕宫由穆罕默德二世建于15世纪。穆罕默德二世在1453年率领15万铁骑大军横扫安纳托利亚高原，跨过博斯普鲁斯海峡，攻陷君士坦丁堡，建立了继东罗马帝国、拜占庭帝国之后的第三个地跨欧亚非三大洲的奥斯曼帝国，把伊斯兰文明推进到欧洲大陆，使基督教的君士坦丁堡变成了伊斯兰教的伊斯坦布尔。据说奥斯曼帝国曾入侵到欧洲的心脏维也纳，游牧民族与伊斯兰文化的结合，形成了生气勃勃的、富有进取扩张精神的新兴力量。在奥斯曼帝国存在的400年间，伊斯坦布尔都是苏丹宫殿所在地。托普卡帕宫目睹了多少次苏丹的凯旋，见证过多少次胜利的狂欢！宫殿由于是建立帝国时修建的，带有较多的"战时"风格。它坐落于金角湾的一个高地上，向北可以俯视博斯普鲁斯海峡和两岸的城区，向南可以眺望马尔马拉海，视野开阔，展示了霸主的气势。宫殿四周都有回廊，既有清真寺风格，又有军营风格，据说如有紧急情况，将领可直接骑马进入第三

托普卡帕宫

层庭院谒见苏丹。

　　与托普卡帕宫的军事色彩不同，多尔玛巴赫切宫完全是欧式皇宫风格。它建于19世纪中叶，由意大利人设计。宫殿沿着博斯普鲁斯海峡延绵600米，一改多重庭院式结构，46间厅堂、285个房间、6个土耳其浴室以及68个洗手间浑然一体。最大的议事大厅高达36米，悬挂在中央的水晶吊灯重达4.5吨，在这里举行活动要提前5天生火才能取暖（为保护文物现已不开暖气）。这座皇宫极尽奢华之能事，从一楼到二楼的水晶阶梯熠熠生辉，随处可见的罗马圆柱气度非凡，在当时欧洲皇宫中首屈一指。下令建造多尔玛巴赫切宫的苏丹阿卜杜勒-迈吉特一世并不拒绝欧洲文明，我们看到了拿破仑送来的钢琴、管风琴，英国皇太后送来的油画等。这位皇帝多才多艺，在装点皇宫的油画中有30幅这位苏丹国王的作品。听说他还会弹钢琴，还设立了包括有一万册法文书的图书馆供阅读用。我想这些苏丹很可能是由于"文明开化"而逐渐失去游牧民族的强悍性，因而多尔玛巴赫切宫的表面辉煌已难以掩饰狂飙过后的疲态，随着英国工业革命的兴起，19世纪的奥斯曼帝国已是风雨欲来，无可奈何地走向没落。

　　伊斯坦布尔的真正魅力在海峡，尤其在于博斯普鲁斯海峡。我们到金角湾的艾米诺努港码头坐专线船游览海峡。通往码头的路上两边都是快餐店，花三至五个新里拉就可以吃到颜色诱人、香味袭人的各色小食和快餐。许多铺子都卖一种土豆饼，很大的一个土豆夹着牛肉、羊肉和青菜，一些情侣两人合吃一只土豆，情意绵绵。可能坐船游览的有很多中国人，快餐店的店主们看见我们都纷纷用蹩脚的中国话大喊"您好""谢谢"。

　　博斯普鲁斯海峡的海流很急，一刻不停地由北向南涌动，我们的船满载旅客沿欧洲陆地向北行驶。阳光照耀在宽阔的海面上，大小不一的游艇在碧蓝的海面划出一串串浪花，海鸥欢快地追逐游艇，与人共舞。突然，游客们兴奋地欢呼起来，原来在离我们游轮50米远的海面上，有一群海豚在畅游，它们不时排成队列整齐地跃出海面，像香港海洋公园的海豚一样作翻腾表演。兴许它们来自寒冷的黑海，为即将进入温暖的地中海而欢呼雀跃。

　　海峡岸边的皇宫、清真寺、教堂、现代建筑诉说着土耳其的文明史，两岸斜坡上无数红顶黄墙、两层至六层高的别墅、公寓展示着土耳其人的现代生活，这绵延不断的俯瞰海峡的全海景洋房构成了这个城市的一大奇景。正当我们热烈地讨论这些房子每栋值多少钱时，导游提醒我们注意看山顶上的一座教堂，那是红

在多尔玛巴赫切宫前留影

游览博斯普鲁斯海峡的专线船

土耳其的圣索菲亚大教堂

色外墙的圣索菲亚大教堂。这座教堂建于公元325年，巨大的圆顶直径达33米，离地面高55米，在罗马的彼得大教堂兴建前，它是全世界最大的教堂，是基督教徒的精神圣地。1453年，君士坦丁堡被土耳其大军攻陷后，苏丹穆罕默德二世走进这座教堂，赞叹其宏伟和精美，一反伊斯兰每攻占一地就拆除非伊斯兰教的寺庙殿堂的做法，在四周修建宣礼塔等改造后，保留下来作为清真寺。1935年土耳其实行共和，为了避免宗教纷争，圣索菲亚大教堂改为博物馆，以中线为界，左侧恢复基督教圣像等原教堂装饰，右侧保留伊斯兰教装饰。如今这座罗马古建筑成了两大文明融合共存的象征。从游轮上还可以看到闻名于世的蓝色清真寺。此寺建于17世纪，与其他清真寺不同的是，它有6个宣礼塔，至今仍是伊斯兰教徒每天礼拜之地。

在靠左侧的海岸上有一形状像特大邮轮的小岛，打着某某俱乐部的大广告，中间是一个游泳池，周边是露天餐厅、酒吧，装点着热带植物，来自邻国希腊或俄罗斯等寒冷国度的游客穿着泳衣，一排排躺在休闲椅上晒太阳。现代开放的生活方式，是从宗教崇拜走向世俗化、从精神信仰一元化走向多元化的催化剂。

在我们专注于海峡两岸的美景时，不知不觉间，凌空高架的博斯普鲁斯海峡大桥出现在眼前。这座建于1970年的大桥长1074米，离水面64米，是世界上最大的悬挂桥之一，桥上两大洲城市的汽车川流不息，桥下从里海到地中海的油轮悠然而过，桥两边的人行道还有不少市民在垂钓寻乐。我们从没见过能在这样的高空钓鱼，真正是"放长线钓大鱼"。

作者在博斯普鲁斯海峡和垂钓寻乐的少年合影

逛市场是了解一个国家习俗的一种方式。伊斯坦布尔的大巴扎又名埃及市场，是游客必去之地，它建于1000多年前，是历史上发源于中国长安的丝绸之路的终点。当时的拜占庭以版图的宏大和国力的强盛成为东西方贸易的中心，欧洲的商人都来这里采购，把来自中国的货品再运往欧洲各国。今天的大巴扎市场充满伊斯兰情调，典型的圆顶长廊下琳琅满目的商店一家紧挨一家，主要卖金银饰物、土耳其传统服装、工艺品及特色食品，中国丝绸已不多见了。伊斯坦布尔的大巴扎以每年接待量9000万游客被评选为世界首选旅游休闲目的地，比埃菲尔铁塔更受瞩目和欢迎，成为土耳其最负盛名的景点之一。每天无论什么时间来到这里，这里始终是人声鼎沸、蒸蒸日上的热闹景象。每天约有40万游客冒着被挤到缺氧休克的风险，只为来此享受世界最激动人心的购物体验。迷宫一般的大巴扎拥有4400多间店铺，65条街巷，在这个神奇的地方，你能买到各种不可思议的物件，仿佛阿拉丁的藏宝洞一样应有尽有。

我们最喜欢的一种工艺品是玻璃制的具有辟邪护身功能的"蓝眼睛"，它的形状很奇特，深蓝的桃心形，多圈眼白，中间突出的是蓝眼珠，这种本来叫"邪恶的眼睛"（土耳其语是Nazar boncuk）的物件反而成了"辟邪"的宝物。刚到伊斯坦布尔时，导游就给我们每人发了一串有"辟邪"眼睛的扣子，听说有"辟邪"功能，我们都挂起来，果然一路平安无事。还有一种土耳其切糖，由果仁、面粉、食糖混合而成，六里拉半千克，既便宜又有特色，以散装的为新鲜，我们随便到一家店铺，十二人一口气买了几十包，乐得店老板连叫"哥们"，价格也随着购买数量的增加而更加优惠。大巴扎市场每家店铺的生意都十分红火，不到十米宽的通道人头涌动，游客们和本地人来这里既是购物，又是游玩，这里成了伊斯兰传统服装和西式时装的流动大展场，各种商品在这里交易，各种文化在这里交流，折射出人类的交往本性，折射出文明和谐的历史和未来。

写于2007年8月

伊斯坦布尔的大巴扎

一 亚洲散记

日本人的节约生态观

枫叶红了

　　我一直想看看日本，深入了解这个亚洲最早走上工业化道路的国家，这个经历了亚洲金融危机以来"迷失的十年"而今天又重现发展活力的经济体。20世纪90年代初，我随中国影视代表团访问美国，途经东京，住了一个晚上就匆匆离开了，几乎谈不上有多少印象。这次日本外务省请广东省社会科学院组团访问一周，由我当团长，成员有广东省社科院和中山大学专家学者，将访问政府部门、研究机构和大企业，这对于了解日本当然是个好机会。

　　2006年5月5日，代表团从广州直飞东京。从广州到东京只需三个多小时。飞机下降时往外看，机场周边有大片平整的农田，一圈圈的森林，农田与森林相交错，美不胜收。我们到达的是新东京机场，处于千叶县，从千叶县到东京，一路上看到披着秋色

> 作为进入后工业社会的日本，
> 资源的节约既是国民资源短缺危机感的反映，
> 也是现代生态文明的生活意识。

的杉木林，繁忙的高速路与原生态的森林和谐相处，尤其是在特大城市东京周边有如此良好的生态，使我们很感叹。据说，日本的森林覆盖率达65%，在人口1.3亿（世界第九）、土地约18万平方千米的国家，达到这样的水平实属不易。

作为进入后工业社会的日本，资源的节约既是国民资源短缺危机感的反映，也是现代生态文明的生活意识。我们住的新大谷酒店，房间内的空调是25摄氏度，从赤坂到新宿的地铁车厢和地铁站内，空调都显得不够凉爽，感觉有点热，其舒适程度比不上香港和广州地铁。日本在世界第一次石油危机中受到沉重打击，此后非常注意能源安全，石油储备达到160天用量，为全球之最，美国的储备是三个月。日本的节约型生活方式渗透在日常生活的许多方面，如我们入住的宾馆的电梯，设有特别的感应装置，如果只有一个人进去，电梯不会马上启动，要你等一等。又如快餐馆面积都不大，我们吃晚饭时考察了一家麦当劳、一家"吉野"牛肉饭店，座位都很小气，转身都不能太舒展。听说有些面条店是没有座位的，食客只能站着吃，吃完马上走。我与林江教授调侃说，现代化本来是让人生活得更舒适，更多自由发展的时间和空间，如果连吃面条都不能坐下来，吃是为了干活，那就把目的和手段颠倒了。但日本人对生态资源十分节约、绝不浪费的观念和行为是值得提倡的。

日本外务省的接待方式也体现了节约原则，外务省派出翻译田中小姐带我们外出就餐，餐费是固定的，吃饭时没人作陪，自己吃，第二天早上给回发票，吃不完的钱也交回去，这种做法既节约了接待人手又让客人有自主权，吃饱不浪费。

写于2006年11月

东京湾联想

早上看《纽约时报》，第一眼就看到大标题"Iraqi Sentences Saddam to Death"（伊拉克人判处萨达姆死刑），萨达姆终于走到了生命的尽头，而且被判绞刑，这个昔日令人战栗的、至高无上的伊拉克统治者，经过近3年的审判，得到了意料之中的判决。与此同时，我马上联想到，61年前的日本头号战犯东条英机也是在经历数年东京审判后被判绞死的下场，而把他们推上审判台的同样是美国，所不同的是，东京审判是国际法庭，巴格达审判是伊拉克法庭。

不可否认，两次审判虽相隔60年，主题也不同，然而都离不开美国主导，贯穿了美国从反法西斯的主导力量到今天反恐的主导力量这条线索。如果说，萨达姆的疯狂暴政是伊拉克民族的灾难，那么让可能失去理性的美国主宰世界也是一种极大的危险。谁来保证美国的理性？面对恐怖主义的威胁，世界可能需要一个强大的维护全球势力均衡的美国，更需要一个由世界共同价值所维系的多极世界正义力量的持续增长。

2006年5月6日上午，我们拜访了日本外务省，与日中经济室室长松本等座谈，他们所关注的中国经济问题是宏观调控中中央与地方能否协调一致，在多种社会矛盾冲突中能否保持社会稳定等等。中国改革开放以来，中日经济竞合发展，在产业、贸易、投资等方面有很高的关联度，因此日本对中国政府的经济政策十分关注，其外交部门也为促进中日经济合作交流不遗余力。日本在广东投资很多，日系汽车都在广东合资设厂，产品畅销中国市场，因而对广东智库的意见也十分重视。

了解日本专利管理制度是我们这次访问的一个重点，由日本外

大东京湾区1300多平方千米，
这个以东京为中心的大湾区人口和GDP约占全国三分之一，
拥有六大港口，京滨、京叶两大工业带分别向东京湾延伸，
这两条工业带可谓世界上最先进的新型工业带。

务省安排，我们拜访了专利厅。日本专利包括发明（特许）、实用新型和外观设计三种类型。日本的专利制度有四大特点：其一，日本的实用新型专利申请中，申请人须于提出申请前针对该新型的可注册性进行检索。如申请人未能履行此义务，其将无法主张该新型专利权。其二，日本的外观设计采用了局部外观设计注册制度，对某些具有局部特征的形态、形状，允许注册局部外观设计。如果运用这种新的局部外观设计注册制度，在注册了有特征的部分之后，遇到第三者采用了该有特征的部分，尽管整体不同，也能起诉其侵权。

中日双方在日本知识产权厅座谈

其三，计算机软件可在日本获得发明专利。其四，加速专利审查制度。专利厅的地域政策班长菅原浩二先生花了一小时给我们介绍日本2002年以来实行的IP战略，即日本知识产权保护战略（Japan's Intellectual Property Strategy）。

他们认为，进入20世纪90年代，日本在高技术领域的竞争力开始落后于欧美，而在发展传统工业和劳动密集型产业方面，又面临着亚洲其他国家和地区的竞争。在这样的背景下，日本开始确立"知识产权立国"的国策，提出了"信息创新时代，知识产权立国"的方针，于2002年制定了《知识产权战略大纲》和《知识产权基本法》，提出从创造、活用、保护三个战略以及人才基础和实施

体制等方面抢占市场竞争制高点。同年，日本内阁成立了"知识产权战略本部"，由首相任本部长，并设立了"知识产权推进事务局"，每年发布一次"知识产权推进计划"，对政府主管部门、教学科研单位、各类企业的相关任务与目标都做了规定。2005年，日本成立了"知识产权上诉法院"，统一审理知识产权民事和行政上诉案件，以简化程序，优化司法审判资源配置，从而更有效地保护知识产权。日本这种做法在国际上已经是一个明显的发展趋向，值得转型国家参考。据介绍，发展高科技产业、文化产业等新型产业，需要加强专门管理机构的建设，包括人才的培养、中介机构的形成、诉讼审判机构制度的建立以及加强国际合作交流等。

从专利厅出来后已是下午四时多，我们到东京最近的海湾看看。汽车沿着东京湾畅行，无数的现代建筑耸立在湾区，巨大的货柜码头吞吐着全球物流，电视塔、摩天轮与来来往往的巨轮相辉映，展现了东京湾的活力和"国际范"，我忽然由此想到纽约、伦敦、悉尼、上海、广州、深圳，一个伟大的城市总是与大海大河相联系。大海大河是城市的血脉，是它的

"彩虹"跨海大桥

胸怀，是它的气魄。我们到了著名的海滨景点——台场，看到一座自由女神像。与纽约的自由女神像一样，这座女神像也是法国赠送给日本的。为了纪念"日本的法国年"，法国巴黎的自由女神像于1998年4月运到台场海滨公园约一年时间，而目前位于台场的这座女神像，便是以巴黎自由女神像做模型制造出来的复制品。从底座算起，高约12.25米，重约9吨。站在这尊自由女神像下，看"彩虹"跨海大桥凌空飞架而过，灰色的海面空旷平静，狭长的内东京湾一直伸向城市的深处。

大东京湾区1300多平方千米，这个以东京为中心的大湾区人口和国内经济总值（GDP）约占全国的三分之一，拥有六大港口，京滨、京叶两大工业带分别向东京湾延伸，这两条工业带可谓世界上最先进的新型工业带，其"新"在充分利用全球化和自由贸易的机遇，大规模地高度向海聚集，实现高效率的大进大出；其"强"在与腹地东京

的金融、总部、研发、智库等功能和机构紧密互动,形成集群辐射效应,形成引领全球的科技、信息、人才、文化竞争力。

田中指着海湾中间的两个小岛,告诉我们那是填出来的。当年(19世纪中叶)美国人佩里率舰队游弋东京湾(那时叫江户湾),把日本朝廷吓坏了,填起了两个小岛作炮台(其实"台场"是枪台的意思),以抵挡美国人。日本当时落后于中国,当然也不是美国的对手,于是来个"识时务者为俊杰",签订了开放口岸的条例,同时向西方学习,搞"明治维新",派出大批官员到欧美学习,以东方式智慧广泛推行西式教育、西式政体,全面文明开化,富国强兵,仅仅几十年后就建成了工业化的现代国家,到了20世纪初居然还打败了俄国和大清帝国。昏庸的清政府对外起初是闭关锁国,后来割地求和,对内镇压改革力量,维持旧政统治。两种选择,两种结果,主动求变使日本成为亚洲第一个工业化国家,闭关守旧使中国成为西方列强宰割的对象,从辉煌的落日成为挨打的"东亚病夫"。

1945年日本战败投降,就在停泊在东京湾的"密苏里号"航母上,中国代表与美国麦克瑟元帅一起,参加了日本受降仪式,中国被侵略被掠夺的耻辱终于得到洗刷。然而,中华民族要真正得到世界的尊重,必须要让国民体面地活着,不仅过上富裕的物质生活,还要享有充分的民主自由,不仅要有强大的维护国家主权的军事力量,还要有以东方价值观为核心的文化软实力。中华文明的复兴,不但为中国提供了现代化持续发展的精神动力,而且为世界提供了人类和睦交往、和谐发展的思想资源。

写于2006年5月

江户东京博物馆

江户东京博物馆

为了更直接地体会日本的民族文化，考察日本的文化管理，我们决定去看一些有代表性的博物馆。因为据说日本在保护民族文化上是不遗余力的，早在1950年就制定了《文化财保护法》，所谓"文化财"，包括有形文化财、无形文化财、民俗文化财、纪念物、传统建筑群。而所谓"无形文化财"即是戏剧、音乐、工艺技术以及其他无形的文化资产，在历史或学术上具有高价值者。

我们首先到东京都参观了江户东京博物馆。江户时代是德川幕府统治日本的年代，由1603年创立到1867年的大政奉还，江户时代是日本封建统治的最后一个时代。1603年，德川家康被任命为征夷大将军，在江户设幕府，至第三代将军德川家光时，幕府机构大体完备。在社会结构方面，当时日本全体居民都被严格的等级制度分为四个阶层：武士、农民、手工业者和商人。德川将军为了维护他们的势力和特权，限制了阶层之间的流动。江户时代的经济制度是一种封建的小农经济。16世纪末，日本人口的80%以上为农民。基本的生产关系为各藩领主直接控制广大农民，农民为领主耕种一块世袭土地，并交纳一定量的实物地租和贡米。这种被称为"本百姓"的自耕农，是德川幕府时代幕藩体制的主要经济基础。在教育方面，江户时代人们的教育水平是

> 江户东京博物馆以宏大的空间、现代的手法、
> 丰富的展品和精美的制作
> 再现了江户的城市建筑艺术
> 以及江户时代日本人的生活方式、传统文化。

比同时期世界其他国家高的，当时的男性大部分皆识字，女子识字率也较高。在学术研究方面，"兰学"的发展对日本近代化起到至关重要的作用。兰学是经荷兰人传入日本的学术、文化、技术的总称，字面意思为荷兰学术（Dutch learning），引申可解释为西洋学术（简称洋学，Western learning）。兰学是一种通过与出岛的荷兰人交流而由日本人发展而成的学问。在文化艺术方面，随着商品经济的发展，工商业者的经济实力大大提高，町人思想和町人文化随之出现并蓬勃发展。文学、音乐、美术等都具有通俗化、世俗化的特点，如当时兴起的"浮世绘"。

江户东京博物馆以宏大的空间、现代的手法、丰富的展品和精美的制作再现了江户的城市建筑艺术以及江户时代日本人的生活方式、传统文化。为了让参观者对江户城有宏观而细微的印象，博物馆里既有按1∶1比例复制的古东京桥、古民居，又有天皇公主下嫁幕府将军带去的美轮美奂的宫廷生活用品。我们还看到了"浮世绘"这种具有日本特色的绘画艺术，在我看来它是将中国画与西洋画相结合的一种色彩艳丽的画技，它用的颜料是纯自然的，矿物制作，类似西藏的唐卡，以仕女和风景为主要题材，既有水彩画，也有版画。我猜想岭南画派开山鼻祖高剑父曾留学日本，是从日本接受这种中西结合的风格并发扬光大的。鲁迅积极推广版画，我估计也是受浮世绘画影响所致。参观当天博物馆正举办一个浮世绘画展，有一批19世纪被美国人买走的在日本已属不可多得的浮世绘画在馆内展出，观众纷至沓来，一睹为快。展品中有一些是中国的历史或神话题材，如唐玄宗和杨贵妃、钟馗打鬼等等。

田中翻译还带我们看矗立在博物馆中央的高大威武的关云长神像，她说关公也是日本人熟悉的《三国演义》中的人物，代表了忠义等东方人价值观。从江户东京博物馆看到，中日文化同源同宗，同属儒家文化圈，在现代化进程中返本开新，彰显东方文明的魅力和影响。"本是同根生，相煎何太急"，中日

馆内精美的展品再现了江户时代的城市建筑艺术

博物馆里按1：1比例复制的古民居

友好合作，相向而行，则保东方太平，是两国人民之福，东方文明之福；若交恶对立，渐行渐远，则两国人民之祸，东方文明之损。如何用老一辈无产阶级革命家的历史眼光、世界胸怀处理中日关系？既要不忘旧事，要敦促日本领导人深刻反省侵略的灾难和根源，又不能被日本右翼牵着鼻子走，在历史问题上纠缠不休，而是着眼合作共赢，造福人民，这是对两国政府和人民智慧和眼光的考验。用在东京开业多年的上海大饭店总经理的话来说，就是化解仇恨，珍惜友好，共创未来。

江户东京博物馆参事川田给我们详细介绍了博物馆的运营模式。该馆属于东京都历史文化财团，实际上是东京都政府100%投资，以公益为目的。馆长是著名的民俗学教授，副馆长由市政府派出。川田原来也在政府供职，59岁时来到博物馆算是转行，但可工作到65岁。在日本，男性退休是60岁，65岁才可以领养老金，当中5年如果不找活干，只能靠积蓄。近几年，日本政府对国有事业单位进行改革，该馆也开设收费项目，门票是800日元，但所得不多，总体上不可能靠收费维持，经费大部分还是由政府出资。

写于2006年5月

从松崎公司看日本中小企业

中小企业的发展状况是判断一个国家市场经济发展环境的重要指标，也是判断一个国家创新创业生态环境的重要参照。根据东京商工会议所的推荐，我们考察了松崎公司。松崎公司是独资的私人企业，只有40多名员工，其中有15名技术管理人员，其余是临工。老板松崎先生的儿子带我们参观了产品和生产工序，然后松崎与我们座谈，介绍情况，回答问题。该企业生产纺织机械以及用于医院、美容等方面的纺织用品，核心产品是条纹编织机，可用来生产3~6种颜色的纺织品，几乎全部销往中国厦门、东莞。条纹编织机年产200万个产品，每个卖33美元。

作为一个中小企业，我们很感兴趣的是它的管理方式。该公司一般临工的待遇不算高，每年不超过100万日元，因为在100万日元内不用纳税，还可以享受保险、带薪休假等福利，这些员工一般是家庭主妇或退休的工人，每星期工作4天，每天工作6小时，从上午9时至下午4时，中间有1小时用于吃饭休息，每天只有一班，十分悠闲。虽然人少，但管理既严格又很人性化，每天都开早会布置工作任务，每星期一由一个优秀员工代表领诵企业的行动规范，强化公司精神和公司伦理。公司制订了10个行为规范，还建立了经营委员会、运营委员会，在这两个委员会下面还设了技术、营销、商品开发、成本管理委员会。

小松崎的着装与工人完全一样，对业务很熟悉，对人热情，略带拘谨。他毕业于东京大学，待遇与其他技术管理人员一样，出差报销也一样，不搞特殊，他说他最近出差到了我国东莞市大朗镇，对当地企业使用它们的产品进行检查和指导。

参观结束后，松崎董事长与我们座谈，解答我们提出的问题。

为梦想而工作，为活力人生而工作，
看来是进入了后工业化时代的日本社会的普遍价值观。
日本人的工作精神是有口皆碑的，他们视工作劳动为人的最高价值所在，
进入后工业时代，劳动不再是维持生存、生活的需要，
而是活出精彩、活出创意，充实和升华生活的需要。

松崎董事长很重视企业文化，亲自为企业拟定了富有鼓动性的企业信条：齐心协力，实现梦想，共同创造充满活力的人生。为梦想而工作，为活力人生而工作，看来是进入了后工业化时代的日本社会的普遍价值观。日本人的工作精神是有口皆碑的，他们视工作劳动为人的最高价值所在，进入后工业时代，劳动不再是维持生存、生活的需要，而是活出精彩、活出创意，充实和升华生活的需要。

20世纪50年代以来，二战后的日本经济突飞猛进，所取得的成就世人有目共睹，其中一个重要的因素是日本政府高度重视支撑日本经济的主要力量的中小企业的发展。日本将中小企业定位为国民经济的基础和今后经济发展的源泉，以立法的形式肯定了中小企业在创造新产业、增加就业机会、促进市场竞争、维持经济活力等诸多方面举足轻重的作用。据统计，目前日本中小企业已达469万家，占企业总数的99.7%，就业岗位占总数的70.2%，中小制造企业创造的附加值占制造业总附加值的57.7%。二战后日本经济高速增长进程中，技术独特、数量众多的中小企业为大企业提供了有力支撑和保障，发挥了不可替代的重要作用。在市场竞争日趋激烈的环境下，日本的中小企业仍能保持旺盛的活力，这与政府的政策扶持分不开。1988年，日本实行3%的消费税时有一项规定，对职工人数在5人以下的小企业实行优惠，凡年营业额不足3000万日元者，可免交个人消费税。

在日趋激烈的竞争中，日本中小企业仍能保持旺盛的活力

松崎董事长认为日本政府对中小企业的扶持还体现在鼓励中小企业开展产学合作，其合作项目一旦确认，政府可补贴一半开发费用。他认为中小企业的生命力、竞争力除了有专利产品，最重要的是有技能，技能不等于技术，但它是技术产业化的桥梁。日本企业对技能的重视恐怕是其拥有强劲的竞争力的奥秘。我们提问松崎公司为什么不转移到东莞去，既降低成本，又便于产业链接，小松崎回答说曾经有这个想法，但深入了解后发现，他们的产品如果打上中国制造（Made in China），在国际市场包括在中国市场卖得不如日本制造（Made in Japan），于是继续留在日本，这说明日本企业员工的技能是制造业竞争力十分重要的参数。松崎公司虽然不大，但管理很好，这从工作环境中就可以看出来，松崎公司洁净的车间，洁净的办公室，包括自动冲洗厕具给我们留下了深刻印象，林江教授对此评价很高。

走出松崎公司，田中小姐带我们登上东京塔。东京塔以巴黎埃菲尔铁塔为范本而建造，1958年10月14日竣工，此后一直为东京第一高建筑物，直至2012年2月29日东京晴空塔（高634米）建成而退居第二位。东京塔高333米，我们停在250米的特别眺望厅，刚走出大厅，田中小姐突然十分兴奋地欢呼起来，原来今天冷空气劲吹，多日的灰霾被驱散，可非常清晰地看到举世闻名的富士山。放眼远眺，富士山被晚霞烘托着，挺拔的富士山影印在宽阔的红色天幕上，宛如红色海洋上的航船，挺立潮头。富士山的美姿与近处摩天大楼璀璨的灯光相映照，美不胜收，历经沧桑变化的大自然的美带有跨越时空的永恒美，这种自然美是任何科技也不可能模仿和创造出来的。

写于2006年11月

远眺富士山

少子化与创新使命

我们来日本之前向吉田总领事提出想了解日本经济发展与技术创新关系的问题。我们带着这个问题到产业省经济研究所考察，尾崎研究员作了近似于学术报告式的关于日美创新路径的详细比较。他认为有两种创新模式，一种是集成模式，一种是模块模式。集成模式的优点是拥有集开发、营销于一体的综合能力，模块模式的优点是拥有迅速进入或退出一种产业的选择能力。日本企业在二战后由于经营资源不足，需要稳定的雇佣、顾客关系，需要长期稳定的经营方式，因而主要表现为组织能力较强的第一种模式，而美国是移民国家，人才多而文化认同背景各异，不可能有日本那种稳定的综合调节机制，因而更多地表现出以利益、效益、市场为目标的灵活反应方式。随着时代的变化，两种模式对创新的作用的差别也明显化了，20世纪90年代后半期，美国企业迅速发展数码技术，发展信息产业，在新经济大发展的浪潮中，美国模块模式优势明显表现出来，而日本企业由于偏重于集成模式而落后了。尾崎以资本贡献度比较出日美的优势：IT资本是1∶2；人力资本是1∶14；知识资本是1∶3；组织资本是1∶6，此外顾客资本、社会资本都是美国占优势。

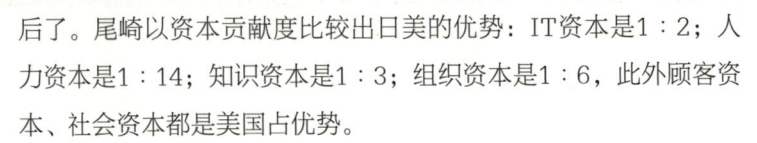

如何激发创新活力是后工业社会或后现代社会的一个重大课题。日本产业省产业经济研究所提出，他们进行战略和学术研究的使命，是促进成熟而有活力的日本社会的建设。成熟社会一般指工业化任务已完成，人们生活富裕（或者说中产阶级占大多数），民主体制运作有序，社会公平稳定，等等，但"成熟"还意味着人

在日本，随处可见老年工作者

如何激发创新活力是后工业社会或后现代社会的一个重大课题。

日本产业省产业经济研究所提出，

他们进行战略和学术研究的使命，

是促进成熟而有活力的日本社会的建设。

口增长率的下降和老龄化趋势的形成，被称为"少子化"。"少子化"一词源自日语：しょうしか，是指生育率下降，造成幼年人口逐渐减少的现象。少子化代表着未来人口可能逐渐减少，对于社会结构、经济发展等各方面都会产生重大影响。如果新一代增加的速度远低于上一代自然死亡的速度，更会造成人口和劳动力不足，所以少子化是许多国家（特别是发达国家）非常关心的问题。20世纪60年代时期，日本年出生人数为200万左右，人口出生率基本保持稳定。自1974年的石油危机开始，日本的出生率持续下降，据厚生劳动省的数字统计，2001年出生人口117万人，2002年减少到115.6万人，出生率仅占人口总数的9.2‰，创历史新低。日本国立社会保障人口问题研究所预测，如果"少子化"现象继续发展下去，2006年开始人口将出现减少，2050年人口将减少到1亿人，2100年则将减少至6400万人。造成少子化问题的具体因素主要有：晚婚及不婚率增加，节育观念普及；经济成长趋缓，育儿成本昂贵；生活压力导致生育意愿低落或不孕；人生规划以生活品质与享乐优先；育儿观念着重于教育品质等。

日本现在每个家庭平均生育率不到1.2人，照此推断，按现出生率计算，一百年后日本民族将消失。我认为造成这种少子化的原因既有经济原因、社会原因，也有文化观念的原因。德国哲学家斯宾格勒针对西方城市人把性与生育分开，只追求性享受而不愿承担生育义务的趋势，预言西方文明的没落。实际上，除了美国等少数国家，俄罗斯、欧洲等发达国家和地区都面临这个困扰。

除此之外，成熟社会还面临着创造欲望的衰退，文化精神的失落等问题。日本政界和学术界都深感忧虑，纷纷为解决这个问题开出各种"药方"。日本经济产业省的产业再生课长斋藤着重给我们介绍了他们集中日本200多个官员、学者提出的"新经济增长战略"，他们分析，1960年以来日本稳居"世界第二大经济大国"地位，然而，10年后按GDP规模计算将被中国赶上，继而也将被印度赶超，全球第二大经济体这把交椅早晚让给他国。为了实现人口减少下的新增长，必须实现创新、需求、增长的良性循环，使日本成为世界创新中心。这个战略的目标和路径是，日本今后不仅追求经济规模，还应当立志向一个具有国际竞争力的、人均收入水准高的、能承受风险和不稳定的环境的经济体，即具有世界存在感的"坚强的日本经济"和不断创造并继续向世界提供新价值的"具有魅力的日本"发展。

成熟与创新的结合，使日本民众的生活水准进入享受型的时代，除了讲究名牌等高消费外，还表现在十分讲究的美味而健康的饮食，健全的社会卫生教育服务体系等等。斋藤认为，无论是小泉提出的"魅力的日本"，还是安倍提出的"更加美好的日本"，都应着眼于使日本国民享有世界一流水平的生活服务，其中最重要的体现是实现国民不住医院而达到健康长寿的高比例。日本人的长寿在世界上属于高比例，这与其生活习惯有密切关系。日本人的生活习惯主要有几个特点：饮食节制，细嚼慢咽；膳食"少量多样"，清淡为主；爱吃海产，营养丰富脂肪少；热衷于沐浴与慢步走；心态平和；工作认真，劳逸结合；等等。

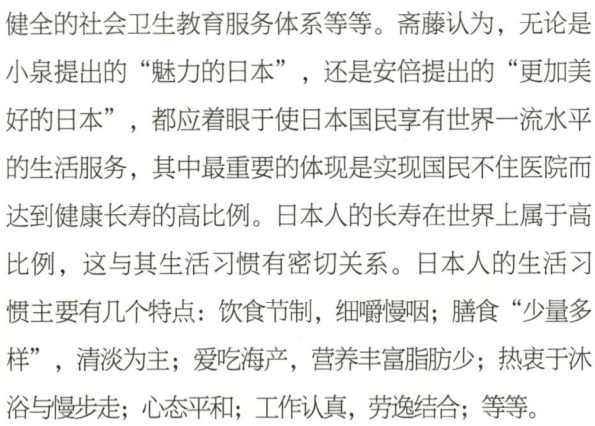

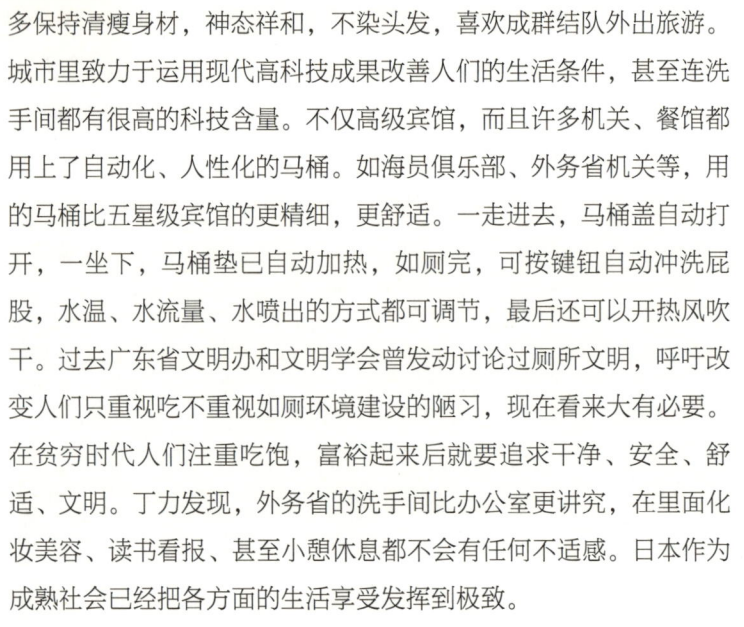

在外务省交流座谈

我们留意到日本的胖子远比欧美少，中老年人大多保持清瘦身材，神态祥和，不染头发，喜欢成群结队外出旅游。城市里致力于运用现代高科技成果改善人们的生活条件，甚至连洗手间都有很高的科技含量。不仅高级宾馆，而且许多机关、餐馆都用上了自动化、人性化的马桶。如海员俱乐部、外务省机关等，用的马桶比五星级宾馆的更精细，更舒适。一走进去，马桶盖自动打开，一坐下，马桶垫已自动加热，如厕完，可按键钮自动冲洗屁股，水温、水流量、水喷出的方式都可调节，最后还可以开热风吹干。过去广东省文明办和文明学会曾发动讨论过厕所文明，呼吁改变人们只重视吃不重视如厕环境建设的陋习，现在看来大有必要。在贫穷时代人们注重吃饱，富裕起来后就要追求干净、安全、舒适、文明。丁力发现，外务省的洗手间比办公室更讲究，在里面化妆美容、读书看报、甚至小憩休息都不会有任何不适感。日本作为成熟社会已经把各方面的生活享受发挥到极致。

写于2006年11月

新干线的稳定运行全靠成熟的高铁调控技术，
列车发车间隔可以缩短至5分钟，
是世界上屈指可数的几种适合大量运输的高速铁路系统之一。

新干线

从东京到名古屋400千米，一般是坐新干线。新干线（New trunk line）是贯通日本全国的高速铁路系统。1964年10月1日东京奥运会前夕新干线开始通车营运，第一条路线是连接东京与新大阪之间的东海道新干线。这条路线也是全世界第一条投入商业营运的高速铁路系统。新干线每年约有2亿人次乘坐，运输量占日本铁路30%，营业收入占45%。目前日本境内有8条新干线路线，均为纯客运服务，其中包含两条路线等级较低的"迷你新干线"。除了迷你新干线的路段外，列车运行车速可达到每小时270～300千米，但在进行高速测试时，则曾创下每小时443千米的最高纪录（新干线955型电力动车组在1996年时所创下）。新干线的稳定运行全靠成熟的高铁调控技术，列车发车间隔可以缩短至5分钟，是世界上屈指可数的几种适合大量运输的高速铁路系统之一。除此之外，由于全部列车都采用动力分散式设计，新干线也是世界上行驶过程最平稳的列车之一。自1964年开通运行以来，新干线列车从未发生过一起事故，号称全球最安全高速的铁路。我在1995年出访法国时，曾坐高铁从巴黎到里昂，时速300多千米，快捷而舒适，当时就感到所谓距离远近是相对的，高速运输工具将使世界变成"地球村"，将极大地改变人类文明模式。

有人说，新干线和富士山一样是日本的标志。如果说富士山代表的是自然和历史的日本，即质朴和久远；那么新干线就代表了现代的日本，即速度和激情。新干线在中国知名度很高，邓小平等中国领导人都坐过。1978年10月，邓小平到日本，坐在从东京到京都的新干线上，他说："中国要承认落后，我们不能因为自己丑非要把自己打扮成美女的模样，要向日本学习。"坐在新干线上的日

新干线列车

本陪同人员说："现在时速240千米，您感觉怎么样？"小平说："对于中国人来说，太快了。"但是接着又说："不过，中国现在需要跑。"他从日本回来不到一个月就召开了党的十一届三中全会，从此中国改革开放的大幕正式拉开。

我作为团长享受了靠窗口的座位。列车呼啸着飞速向前，沿线的风光尽收眼底。日本的农村都高度现代化了，集中国建筑和西方建筑风格于一体的农家别墅沿着山边、林边、田边错落有致，间中是大片大片的稻田、菜园、草地，修整得像一幅幅油画。日本民族尚农，日常饮食离不开大米饭，尽管日本农民不多，稻米仍能全部自给。

新干线上最美的景色当数富士山。富士山是日本第一高峰，是日本民族的象征，被日本人民誉为"圣岳"。自公元781年有文字记载以来，富士火山共喷发过18次，最后一次是1707年，此后变成休眠火山。富士山位于本州中南部，东距东京约80千米，面积90.76平方千米，海拔3776米，从周边平原看去，山峰高耸入云，山巅白雪皑皑。富士山山体呈圆锥状，似一把悬空倒挂的扇子，日本诗人曾用"玉扇倒悬东海天""富士白雪映朝阳"等诗句赞美它。在富士山周围100千米以内，人们可看到富士山美丽的锥形轮廓。

为了拍下富士山，丁力、林杨早早找最佳位置，我也赶快把手机打开做准备。在阳光照耀下，映进眼帘的富士山雪白圣洁，高昂挺拔，有时藏在群山之中，有时袒露在开阔的草林之上。我们不断按动快门，可惜新干线上电缆很密，建筑物也不少，能捕捉到的拍照机会不多，拍下的十几张照片中只能勉强选出一至两张，觉得有点遗憾。田中说，能拍到这样就不错了，要拍到真正有艺术欣赏价值的照片需要耐心和时间，需要审美对象在季节的变换中展现出全部的真和美。我由此联想到唐诗宋词、书法、国画等中国艺术瑰宝，产生于"日出而作，日落而息"的农耕文明时代。古代官员、文人赴任或出差或游玩，大都或靠帆船，或靠马车，途中大量的时间可用于吟诗作对、琴棋书画，于是就有了"孤帆远影碧空尽，唯见长江天际流"的意境，也有了"蜀道难，难于上青天"的感叹。

从新干线车窗拍到的富士山

现代化是科学技术支配生产和消费的时代，是最经济、最有效率安排生活秩序的时代，理性化安排、专业化分工、数字化生存推动着人们生产方式、生活方式乃至社会关系呈加速度变动，正如马克思的《共产党宣言》中说的："资产阶级必须使社会不断革命化，否则便不能生存下去……"东京、大阪街头人们匆匆的脚步，地铁乘客专注看信息的神态，每次会谈都以分秒计算的议程安排，都表明了法兰克福学派所批判的现代社会造成人的压抑、艺术的贬值、人际关系的异化的客观存在。随着类似于新干线的现代交通工具日益网络化、州际化，人们的物质享受无疑大大丰富，人们的交往无疑大大拓宽，然而，"采菊东篱下，悠然见南山"的审美境界已不复存在，反映农耕文明审美意趣的艺术也日渐成为文化化石。

写于2006年11月

丰田的创新文化

丰田公司是日本规模最大的汽车公司,创立于1933年,自2008年始逐渐取代通用汽车公司而成为全世界排行第一位的汽车生产厂商。参观丰田公司是这次日本之行的重头戏之一,大家都兴趣盎然。丰田公司总部在名古屋,名古屋因庄则栋于20世纪60年代在这里举行的世乒赛为我国取得世乒赛冠军而为中国人所熟悉。

正值深秋,名古屋大片的树林已转红色或黄色,不少黄叶纷纷扬扬落在马路上,比起东京别有一番风情。从名古屋到丰田市需要35分钟车程,丰田市有30万人,得名于丰田这个全球著名企业总部所在地。接待我们的是中国部的岩月小姐,她说每天到丰田参观的外国客人、本国大中学生络绎不绝,那天已接待2000多人。我们首先考察的是D工厂,该厂占地略大于1平方千米,有员工1600多人,每天生产各式小车1900多辆。丁力教授以经济学家的职业思维,马上算出这一平方千米每天能创造38亿元人民币的财富。接着岩月小姐又带我们参观了公司会馆,参观各种最新的产品及概念车,最后与中国部主管宫田基久座谈。

丰田公司的管理水平不仅在业内处于前沿,而且一直受到学术界的关注和推介。归纳起来,丰田公司在管理和战略上有如下几大特色:一是鼓励创新。丰田有6万员工,每年收到65万多条技术革新建议,公司根据建议的价值给予奖励,从500元到20万元不等。提建议的不仅有成年人,还有职工子弟学校的娃娃。我们看到车间墙上贴着娃娃们以车为主题的画展,他们用画车来发表意见,有的画着小车长脚,有的画着小车长翅膀。我们开玩笑说,有脚不怕打滑,有翅膀不怕塞车,妙极了。二是广泛使用机器人。每辆车需焊接几百处,全部由高大而灵巧的机器人完成,既保证质量又大大

日本丰田总公司

> 丰田公司的管理水平不仅在业内处于前沿，
> 而且一直受到学术界的关注和推介。

减轻劳动强度。三是靠人来保证质量。尽管全部工序自动化程度很高，但最后出厂前的综合验收的1000多道工序全部由工人完成。岩月小姐说，只有具有高度职业眼光的熟练工人，才能真正准确无误地作出判断。四是最大程度的节约化。精细地使零部件的生产、运输、安装环环相扣，实现零库存，据说这是丰田首创的。五是环保性和人性化。丰田处处强调产品的安全、节能、环保的理念，新面世的一种混合动力车充分利用刹车等能量充电，1.5升排气量的车，同样加满一箱油可比其他车多走一倍多的路程，而排放出的二氧化碳减少一半多，爬坡时动力能提升到2.0小车同样的功能，这种车型已售出45万车辆。此外，自由和梦想的理念也融入汽车设计中，有一种概念车当打开侧车门时，座椅能自动转向面对客人，当客人坐好后再自动调向对着前方。

丰田公司不仅以其优质产品享誉全球，也以其企业文化树立良好形象。岩月小姐不无骄傲地说，就像每一辆带有丰田（TOYOTA）标志的汽车都会严格秉承丰田全球统一品质标准一样，每一个丰田人，也会自觉秉承丰田模式（TOYOTA WAY）全球统一的工作理念。以"智慧与改善"和"尊重人性"为支柱的丰田模式，是历代丰田人在实践中摸索和提炼出来的独特的经营理念和价值观念，是保证丰田品质和丰田生产方式在世界各地得以持续发展的真谛所在。

宫田在座谈中展示了丰田车在世界各地的市场分布，其中日本本土占总数的24%，其余76%销往世界各地，美国居第一，中国居第二。宫田认为中国经济的强劲增长，必然持续拉升丰田车的用户数，随着广州南沙丰田厂的投产，中国用户超过美国是早晚的事。看来中国人所熟悉的关于丰田车的广告词"车到山前必有路，有路必有丰田车"，一点也不夸张。

写于2006年11月

欧姆龙的启示

为探究日本科技创新的奥秘，考察欧姆龙公司也是我们访问日本行程的一个重点。欧姆龙集团创立于1933年，目前已发展成为全球知名的自动化控制及电子设备制造厂商，掌握着世界领先的传感与控制核心技术。欧姆龙公司对我们的来访很重视，在东京，该公司的特别顾问小林先生就与我见了面。小林先生是资深外交官，曾当过日本驻上海总领事、孟加拉大使、斐济大使等重要职务，前两年退休后被欧姆龙公司聘任。他不仅能讲普通话，还能讲粤语。如此丰富的阅历，使小林先生干起企业公关大使来如鱼得水。他陪同我们参观了京阪奈研发中心和京都太阳有限公司，会见了副社长立石中雄。立石中雄是欧姆龙董事长立石义雄的三儿子，帮助父亲掌管公司日常事务，性格热情开朗，他会见我们时用刚学会的中国话致欢迎词。

欧姆龙公司以传感和控制技术著称于世，作为跨国经营的现代高新科技大企业，自主研发创新关乎公司的发展前途，其京阪奈研发中心的运作管理模式给我们留下了深刻的印象。这个研发中心位于京都郊外的幽静山谷，满山树林郁郁葱葱，研发中心的周边种着很多枫树，浅红的树叶披满树干枝头，迎着秋风摇瑟起舞，富有动感和生机。因为风景迷人，交通便捷，这个山谷已成为许多研究机构的聚集地。从外面看，欧姆龙研发中心像扁平的大集装箱，朴实无奇，进去一看，近四千平方米的二楼通透明亮，400多名研究人员在无间隔的大厅办公，各自在工作台前安静地进行研究工作。看着我们诧异的神情，技术主管说，这是欧姆龙创造的独特的研发环境，无间隔的研究场所使研究人员易于相互交流信息和意见，激发想象

> "尊重人的经营"与"创造社会需求"是欧姆龙的核心理念。
> "尊重人的经营"意为企业无论是在事业方面还是在经营方面
> 都是本着以人为本，密切关注人与社会的精神发展起来的。
> "创造社会需求"的意思是及时掌握社会变化和用户潜在的需求，
> 不断地向创造新价值、开拓新市场勇敢挑战。

力和创新思维。与此相配套，一楼的一半装修成地面有弧线的宽阔长廊，中间有椅子，两边是可板书的白色幕墙，上面写满了研究者们用于交流创意的公式。我们还看到屏幕上贴着许多研究者介绍研究情况的彩色的"广告"，其中有些是刚毕业的年轻女博士的相关介绍，他们以此寻求专业内外的思想碰撞。

京阪奈研发中心作为欧姆龙的全球研发基地，用重金吸纳大批优秀人才，煞费苦心地探索自由开放的交流模式，营造一种"协创"的研究环境，目的是构筑前瞻性的核心技术体系。用他们的话来说，他们致力于把握超越人类视觉所及的传感技术，接近人类知识与判断的控制技术，以挑战纳米世界的尖端设备。我们想知道怎样管理这些顶尖人才，花的钱能否收到预期效果。技术主管带着自豪的口吻说，欧姆龙是终身雇佣制，研发者个人没有定量的工作任务，公司主要是按课题考察进展情况。至于工作方式、实行坐班制、工作时间可按个人情况弹性执行。

成果展示馆设在2000平方米的实验室旁边，在那里我们看到了能判断人的面部并通过面部判断其年纪的传感技术设备，领略了能逐个锁定人的眼睛并迅速认清一群人的技术，并见识了在强光之下不产生反光的纳米玻璃等等。我们问判别年纪这种技术有什么用途，是否值得花重金去研究，小林说只要是先进的前沿技术，总会用得上。看来，企业的技术研究是要有长远的眼光，要充分相信人的创造本能及其价值，人的创造潜能的激发必定转化为实际应用的成果，在肥沃的创新土壤上必定能长出灿烂的精神之花。一个国家、一个国际化大企业的基础研究不能急功近利，急功近利与科学规律是相抵触的。

欧姆龙这种着眼于未来的思考源于可持续发展的以人为本、与社会共生的企业文化。欧姆龙在企业文化建设上达到了很高的自觉，企业社会责任就是他们首先提出来的。其基本理念是，企业是为社会做贡献的。所谓"企业是为社会做贡

在欧姆龙公司参观交流

献的",是指"企业只有贡献于社会才有存在的价值,才能提高利润,才能延续下去"。这是创始人立石一真先生的信念,也是欧姆龙集团世代传承的思维方式。"尊重人的经营"与"创造社会需求"是欧姆龙的核心理念。"尊重人的经营"意为企业无论是在事业方面还是在经营方面都是本着以人为本,密切关注人与社会的精神发展起来的。"创造社会需求"的意思是及时掌握社会变化和用户潜在的需求,不断地向创造新价值、开拓新市场勇敢挑战。立石一真先生于1959年就立下公司的社训——工作充实生活,开创美好世界。每天清晨,欧姆龙的所有成员都要汇集起来齐声朗读这两句社训。21世纪以来,欧姆龙制定了公司的"企业社会责任(CSR)"基本政策和完整体系,将社训精神具体落实到公司的社会价值上,在各方面塑造自己的良好企业形象。

小林顾问带我们参观了欧姆龙京都太阳公司,这个公司主要利用传感技术改造传统工艺,让残疾人充分实现就业。该公司负责人也是残疾人,他坐在轮椅上向我们介绍情况。他反复指着墙上的一行大字念着"No Charity, But A Chance",意思是不用怜悯，重要的是给机会。我们看到耳朵聋的、一只手萎缩的、脚不能走路的等各种残疾人，他们熟练地操作用传感技术装配起来的机器，进行装零件、拧螺丝、贴标签、质量检验等复杂程度不等的体力劳动。从他们专注而自信的神态上可以感悟到，只有拥有劳动的能力和机会，残疾人才能有尊严地活着。尽管该公司主要做电子开关等技术含量不高的低附加值的产品，利润很少，但同样交纳税收，不但养活自己，而且贡献社会。厂长说，有一个残疾工人拿到政府的纳税单后，十分激动，马上贴到自家墙上。不需要怜悯，不需要施舍，有了自动化、个性化的劳动设备，残疾人就有了自立自尊的机会，在劳动中享受与正常人一样的创造的快乐。公平和谐的社会，应是让每个人获得劳动权利，实现创造性生存和发展的社会。欧姆龙把传感控制技术造福于残疾人，实践了立石一真的"一切为公众服务"的企业哲学，不仅树立了良好的企业形象，而且使传感技术在个性化运用服务中不断实现革新，最终造福全人类。当然，任何技术都有两面性，传感技术既可以造福于人，无限延长人的肢体与感官；也有可能用来限制人的自由（如无处不在的摄像头），甚至可以杀人（应用于军事），尖端的人机互动技术只有与服务人类文明进步的企业价值理念相结合，才能在追求最大合理化的现代化运动中避免走向异化，避免走向控制人、压抑人、杀害人的反面。

写于2006年5月

岚山之美

在金阁鹿苑寺欣赏日本茶道

访日行程结束前，我们参观了京都的人文历史景观。清水寺、二条城、金阁鹿苑寺、龙安寺等世界文化遗产名不虚传，堪称东方建筑艺术的精粹，是日本的国宝。在金阁鹿苑寺，我们欣赏了日本茶道，大家跪坐在木地板上，品尝用绿茶磨成的茶奶，余味绵绵。给客人端茶的侍女穿着和服，显得温柔典雅，我们纷纷请她一齐合照留念，她欣然答应。

最值得回味的是游岚山。位于京都市区以西的岚山自平安时代以来就是许多贵族的别庄所在地，其名称经常出现在历史故事与古典文学作品之中。由于桂川河岸在每年春季与秋季都有大面积的野生樱花与枫林可观赏，因此长期以来也是游客观光旅游的热门景点之一。整个岚山地区以横跨桂川的渡月桥作为中心，这座桥得名于龟山上皇的一句"似满月过桥般"的诗作。在渡月桥附近的桂川河段习惯上又被称为大堰川。除了自然景观外，岚山地区也是日本很多知名古刹神社的所在地与古代日本多位天皇的安葬之处，因此前来此地参拜庙宇神社也是游客的观光重点之一。在诸多神社庙宇之中，地位最重要的应属名列世界遗产名单的天龙寺。除此之外，曾经出现在日本文学名著《源氏物语》中的野宫神社与收藏有日本国宝级佛像的清凉寺也是日本著名的历史建筑与景点。

岚山风景区堪称一幅巨大的传统山水画，枫树、银杏、松树等混合原生态植被给绵延几里长的岚山画上了以红黄为主，蓝绿相间的秋色，初上夜灯的游艇在山脚宽阔宁静的江面上休闲地划过，面

除了自然景观外，
岚山地区也是日本很多知名古刹神社的所在地，
与古代日本多位天皇的安葬之处，
因此前来此地参拜庙宇神社也是游客的观光重点之一。

对这些几百年来依傍山水而陆续建成的供达官贵人、文人名仕饮酒作乐、赋诗吟唱的私家庭院、酒店、茶室，心旷神怡。江边还摆着一些巨大的射灯，入夜后这些射灯将照亮整个岚山。用现代审美理念装点古老的自然景观，可以想象这样的夜生活定然独具魅力。那天是星期天，大批游客从京都城涌来观赏秋色，享受休闲。

岚山之美还渗透着中日友谊。中日两国历史上互为老师，18世纪以前，日本主要向中国学习，18世纪以后，日本开东方社会转型风气之先，成为中国革命者向往的地方。孙中山、周恩来等一大批革命家、思想家都曾经到日本学习。我们一行在夜色降临之际找到了周恩来总理的诗碑。年轻的周恩来于1917年东渡日

岚山风光

岚山街景

本，求索救国救民之真理。1919年决定回国前，两次游览岚山，并写下《雨中岚山》，以此抒发内心中看到光明的喜悦。周总理逝世后，日本人民为缅怀这位悉心培育中日友谊的中国总理，在周总理曾经留下足迹的岚山建立了周总理诗碑。诗碑面向岚山和大堰川水，四周空地约100平方米，各种树木相围，形成开阔典雅的氛围。诗碑是用京都——日本帝都质地坚硬的名石鞍马石制成的，深褐色的碑石正面刻着由廖承志书写的《雨中岚山》诗全文。诗碑建成后，邓颖超同志还亲赴日本，为诗碑落成揭幕。

周总理的《雨中岚山》写得很美、很真切，全诗如下："雨中二次游岚山，两岸苍松，夹着几株樱。到尽处突见一山高，流出泉水绿如许，绕石照人。潇潇雨，雾蒙浓；一线阳光穿云出，愈见姣妍。人间的万象真理，愈求愈模糊。模糊中偶然见着一点光明，真愈见姣妍。"

写于2006年5月

> 走在东京、大阪街头，
> 随处可看见外国人，
> 在管理和商业机构集中的城市中心，
> 穿西装、打领带的白领一族比比皆是，似乎比美国更为普遍。

日本的文明模式

日本是最早主动学习西方文明而较平稳实现现代化的亚洲国家，在明治维新时期全盘接受西方的教育制度、管理制度和科学技术，战败后又长期依附于美国，因此无论贸易、金融、信息等服务方面，还是城市管理、生活方式、交往方式上，欧美化或者说西化十分明显。紧盯美国，提防中国、印度，是日本国家经济战略以及企业发展战略的基本出发点。

走在东京、大阪街头，随处可看见外国人，在管理和商业机构集中的城市中心，穿西装、打领带的白领一族比比皆是，似乎比美国更为普遍。讲卫生、重环保已成为国民的习惯，城市街道

清水寺

日本的街道广告里仍保留着不少汉字

每天都像刚洗过那样洁净，每棵树都得到呵护，即使是寸土寸金的银座，仍然看得到树和草。人们的生活观念也很西化，年轻一代认同西方文化，东京可算得上是亚洲流行音乐、动漫艺术、流行时装的中心。

其实，一旦深入日本社会，就会发现国际化程度很高的日本有着厚实的民族文化根基，自明治维新起实行的"全方位开放"并没有把日本变成不欧不亚的国家，没有丢掉日本自己的古老传统。反之，从日本人的交往、礼节、饮食、城市建设等各方面，我们都能强烈地感受到中国文化源远流长、无处不在的影响。同样是中华文化圈，越南、韩国都进行了文字改革，除了寺庙等能看到较多的汉字外，汉字在街上和报纸上基本都消失了，而日本的街道和酒店里的招牌、路标、广告等都是汉字，日本文字中的片假名实际上是简体汉字。所以我们这些日语盲看日语报纸、路标大致也能猜出其含义。正因为这个缘故，日本的外国留学生中80%是来自中国的。

日本的企业大多数保留着东方式的终身雇用制，内部关系和谐，员工都以自己的企业为骄傲，不少人祖孙三代都在同一企业工作，视企业如家。可能受终身制的影响，单位、企业内部很讲辈分，下级、后辈要尊重上级、长辈。东方伦理与现代社会如此交融，使我们不得不反思我们正在如火如荼大力推行的聘用制，许多企业已是一年一聘，大学、学术单位也改成两三年一聘，用工是活了，但那种归属感少了，更谈不上什么主人翁精神了。东方的礼仪文化在日本人身上最明显，见面和告别都鞠躬致意，而且是虔诚的。我们在访问松崎公司离开时，松崎父子分别站在车两旁，不断鞠躬送别，直到车子拐弯消失为止。这种古老的中国式礼节保留下来而且渗透于日常生活中，使我们感叹。

东方文化在日本的饮食或者说日本料理中最能体现。欧姆龙副社长请我们在京都吃了日本餐，菜式精细丰富，一道菜只有一口或两口，一顿饭菜上十来二十道菜，以生鱼、海鲜为主，最常见的是"天妇罗"（油炸食品）。古代日本历史上数百年间由于佛教盛行，朝廷专门下令不准杀生吃肉，牛奶都不能喝，直到明知维新后才逐渐有所变化（曾有文章介绍说，开放奶禁后日本青少年普遍长高了）。他们喝的酒一般是本国的清酒，酒的度数不高，清淡顺口。敬酒时要互相倒酒才谓敬。餐具是中国传过去的漆器，精美华贵，一人一套，分菜送上，席间主宾谈笑交流，气氛热烈。听说古时较为高级的宴请是边吃饭边看歌舞伎表演，这种从中国唐代传过去的奢华之风在日本已发展成为一种特色文化，现在还有保留，不过已不在正式的酒席上出现了。

日本民族在现代化过程中没有像我国清末以来那样，担心本土民族文化可能被西化而发生激烈的"道器""体用"之争，他们敞开胸怀学习西方文明，改造制度、生活方式和国民性，很快富强起来，而其民族文化并不因此而"断根""失魂"，不因此而"不安全"，反而得到了保留，在保留中创新和发扬。传统文明只有在物质充裕和人的价值提升的基础上才能被认识并被自觉地传承，只有在与人类文明接触中才彰显其独特的魅力而进入民族文化交往体系。马克思说过，在极其贫困的情况下，人们只能为生活的必需品而斗争，因而一切腐朽的东西又会死灰复燃。在国家分隔的状况下，民族文明往往是重复性的"创造"，而不能在普遍交往中获得激活和传播。我们在参观清水寺、二条城等体现日本历史文明的景点中，遇到一批批穿着整齐制服的充满活力的中小学生，由学校组织来接受传统教育，他们表现出对自己历史传统的极大兴趣。具有全球视野的重视文化价值意识的青年学生，是文明传承的永恒希望。

写于2005年5月

韩国文明之我看

第一次来韩国济州岛，有点小兴奋。从酒店窗口看出去，近处山野一片金黄，远处1900多米的汉拿山顶峰披着白雪，挺拔而庄严。汉拿山是火山口，整个济州岛都是由火山灰堆积而成，位于韩国的最南端，东临日本南部，西望中国渤海，气候温和，既有历史文化积淀，又有热带风光，还有清澈蔚蓝的大海，成了除汉城（今首尔）之外最具旅游价值的地方。韩国人结婚都喜欢到济州岛。

韩国很珍视自己的文化历史。历史上较长的时期，韩国一直是中国的附属国，使用中国文字。近代以来，中国国势转弱，自顾不暇，日本人趁机占领朝鲜100多年，二战后日本撤走，但又来了美国人，至今韩国的军事调动权都掌握在美国人手中。现在的韩国人对中国人友善，对日本人仇恨，对美国人也开始反感。20世纪60年代以来，韩国在国家主导下，利用地价和劳力便宜的机会发展迅速，成为亚洲"四小龙"之一。与此同时，文化自主意识也迅速上升，经济上的欧美化与文化上的本土化并行不悖：一是经济的腾飞提升了民族自信心；二是知识精英借鉴西方文化观念，通过倡导民族主义来赢得民心。原来韩国有华侨30万人，后来在韩国"自己化"中流走到其他地方，剩下不到10万人。华人曾经掌握韩国经济的40%，但没有政治地位，缺乏安全感，韩国在公元2000年以前不准外国人入籍。

韩国的历史之根与中国文化紧密相连，尽管现在其文字已改成韩国文字，但是正式文本必须有英文版和华文版，以免产生歧义。国家小不要紧，重要的是要有凝聚力，有凝聚力才有稳定的经济政治环境，而凝聚力来自传统价值的认同和坚守。为了达到对历史文化遗产的继承和传播，韩国人热衷于追溯自己的过去，

韩国的历史之根与中国文化紧密相连，
尽管现在其文字已改成韩国文字，
但是正式文本必须有英文版和华文版，
以免产生歧义。

听说现在韩国汉学大热，学汉语的人非常多。本土化和全球化两种趋向相互作用、相互转化，推动现代化全面发展，韩国这一点经验值得我们学习。

我们参观了耽罗木石苑。耽罗木石苑位于济州市中心南侧4千米处的树林里，占地9000多平方米。在这里，游人既可以领略那些经历了数百年乃至上千年的名贵古树和奇异的树根与岩石，又可以尽兴地观赏那些形态各异、用石头雕刻而成的500多个人头像和用树根制成的1000多件作品。木石苑的木头、石头与济州的土著文化相交融，用石头和树木将岛上的传说具体化、形象化。这些作品以自然造型为主题，诙谐有趣，各国游客，包括韩国人自己也都非常喜欢。

参观耽罗木石苑

三姓穴博物馆给我们留下深刻印象。三姓穴位于民俗自然博物馆附近，是济州神话的发源地。所谓三姓穴，是指济州传说中三个不同姓氏的祖先出现的地方，他们叫"高乙那""梁乙那""夫乙那"。相传他们分别娶了碧浪国的三个公主，在济州岛繁衍后代。这个传说被济州人当成历史上的事实，成为他们精神上的支柱。如今济州岛50多万人口中，高、梁、夫三姓占大多数。每年春秋两季，济州人都要举行祭典活动。三姓穴也因此成为济州岛著名的观光游览胜地。作为文化景观，三姓穴博物馆成功地用神话来演绎济州先民学习中华农耕文明的历史起源，达到对历史文化资源进行深层次挖掘，把神话传说与文明交流史实相嫁接，把文化展示与现代科技相结合，使历史文化的片段整合为一个栩栩如生的从过去走到现在、走向未来的过程，如梦，如诗，如画。

韩国的文化来源于中国文化，这从韩国文字的沿革、国人的生活习惯、节庆礼祭等各个方面体现出来，甚至一些语音也很相似，如"洗手间"，他们叫

三姓穴博物馆

"化妆室",有的地方叫"解忧处",与我们国语很接近。500多年前,朝鲜王朝的一位国王与学者一起研究出一种能拼音的文字,就是现在的朝鲜文字,但实质上是按拼音来读中国文字。他们在历史书上没这样说,可能是出于维护民族自尊心的感情和心态,这是可以理解的。韩国人不仅很重视自己的过去,而且很重视自己的未来。韩国是一个资源缺乏的工业国,石油进口量在世界国家中排第七位,因而他们常常怀有危机感和紧迫感,非常注意保护生态,保护农业,保护文化,注意提高科技竞争力。他们吃饭都像中国人一样用筷子,但现在他们用钢筷子,节约木材。他们还有"未来学会",该学会会长是中国人民大学博士,希望与我们商谈有关合作事宜。一个既珍视过去又面向未来的民族是永远不可战胜的。中华民族在世界文明发展史上曾经给世界极大的影响,对周边国家的影响更加直接,文化全球化的浪潮对中华文明既是一种挑战,也是一种机遇,关键是要构建一种深深地根植于传统,又面向人类未来的兼容开放、自由创造的新文化，这种文化是中华民族对世界文明的真正贡献。

济州岛上没有牛，只有马。济州的农民世代耕种靠的是马，我们看到各种颜色的马匹悠闲地在农田里吃草，由于农业产业化了，马已用不上，只能作为旅游观光的点缀。多少年来马匹是济州农业的命根，政府用法律禁止杀马和吃马肉，最近两年不耕作的马匹多了，才开了禁令，吃马肉也成了招待游客的一个项目。相传济州岛上的马是蒙古人带来的，蒙古人曾占领朝鲜半岛，包括济州岛，在进攻日本时遇到飓风被打败，他们占领济州后发现这里没有军队，没有政府，土地贫瘠，于是留下马匹而"西归"。岛上的"西归浦"相传是蒙古军西撤的地方。蒙古人攻入中原是落后的游牧文明征服先进的农耕文明，然而相对济州来说，游牧民族的文明是先进的，他们留下的蒙古马大大促进了济州农业的发展。蒙古马原来很高大的，成吉思汗的子孙们骑着高头大马，风卷残云般地征服了广阔的亚欧大陆，听说至今遗传有成吉思汗基因的欧洲人有2000多万人。蒙古马为蒙古军队提供了高度机动的杀伤力、战斗力。然而，高大的蒙古马留在济州岛仅作为耕地使用，奔腾的功能被耕作的功能所代替，加上济州土地贫瘠，水草不丰，这些昔日威风凛凛、不可一世的战马日复一日地退化成为可怜的矮小的瘦马。济州开放旅游业后，模仿香港等地搞起了跑马场，开发赛马项目，而瘦小的济州马根本跑不动，有的跑得比人还慢，令人啼笑皆非。可见，文明的交往（包括战争这种残酷的方式）带来了先进文明向落后地区的传播，但任何先进文明一旦封闭起来，也必然逐渐像蒙古马那样退化。罗素说过，相互学习、相互交流是文化、文明的发展方式，就像世界文明史上阿拉伯人向东方人学习、欧洲人向阿拉伯人学习一样，使文字、数字等文明最基本的要素传遍世界，并在传播中不断创新改进。

为了改良品种，最近济州从香港引进了一些退役的优良马匹，也许若干年后，济州马又可以跑起来了。

写于2006年2月

韩国的新村运动

几年前访问美国，途经韩国，两天都在汉城（今首尔），走马观花，没留下什么印象，这次对韩国的了解可以说比较充分，首先得益于陪同我们的杨先生介绍详细。杨先生在韩国出生，父辈是中国山东人，经常从文化的角度来介绍韩国发展和韩国人的生活习惯及心态；其次是深入领略了民俗文化特别是饮食文化。这几天吃了各种各样的韩国餐，从第一天来到时的人参鸡汤、白切猪肉到"未来协会"黄浩中会长请的汉韩大餐，从韩国烧酒到泡菜，各种风味都尝过了；再次是考察了当地的农村。我们到郊外农村考察了新村建设运动的发展历程和现状，参观了农业协会和高值农业生产基地。这一点很有价值，从韩国新村运动的历史发展，我们可以了解韩国20世纪60年代至90年代经济起飞的进程及其精神底蕴，对我国目前正在开展的社会主义新农村建设有借鉴作用。

"未来协会"黄浩中会长是韩国一位议员的助手，性格豪爽热情，亲自帮助我们联系了新村运动研修院、农业协会等单位。韩国的农产品与中国等国家的农业竞争激烈，一般不让外国人参观，但这些单位破例而且十分友好地接待了我们一行。我们坐了一辆大巴，直奔江南。汉江南面原来都是农村，很穷，很乱，经新村运动几十年建设，变成新兴城区，很多有钱人都到江南买房子，在江北很少看到的豪华外国车在那里随处可见。

韩国人很重视历史，借以总结经验，教育后人，从历史变革中体会民族进步的自豪感。我们参观了经济道城南市盆唐区粟洞山新农村运动展览馆，这是一座很有特色的专题展馆。村长详细介绍了该地区新农村建设的情况，使我们惊叹的是，他们保留了极其丰富的原始资料，包括每一阶段变化的图片、总统参观的图片、新韩国实行土地私有制，搞农村运动要靠农民自己出钱、出力来干。

村建设前农村的房子和用具、新村指导者穿过的衣服等等。我们感到最有趣的是总统亲笔写的《新村运动企划草稿》，对新村运动的宗旨、原则、具体步骤等写得很详尽，其中有近80%是汉字。图片资料展示，20世纪60年代，刚结束韩战不久的广大农村十分贫困，农民住的是草房，没东西吃，1960年人均国内生产总值（GDP）是85美元，在这种条件下开展新村运动自然是十分困难的。村民们白天各自工作，晚上集体劳动。新村建设从最基本也最容易的事情做起，如改水、改路、灭鼠、种树等等。政府起初只给每个村庄167公斤石灰，其他靠自己解决。

韩国实行土地私有制，搞农村运动要靠农民自己出钱、出力来干，不能按我们公有制的要求提出硬性标准，提出什么模式，所以总统提出的新村运动的三大原则是"勤勉、自助、合作"，主要从做法上去指导和促进，这是符合韩国农村实际的。60年代至70年代新村运动主要目标是增加农民所得，80年代在温饱解决后提出的目标主要是改善环境，同时提倡节俭，那时农村每家每户都有"节米缸"，每一餐省下一点，作为储蓄。政府搞工业化有了一定财力后，提出并实施改善乡村基础环境的十大事业，包括改良屋顶、围墙、设置公用井水、公用洗衣台、架设桥梁和疏浚溪流等等。

90年代以来，针对许多年轻人讲享受、不愿拼搏的倾向，针对外国文化泛滥、民族价值受到冲击的情况，他们又提出了建设富足、安乐、有发展性的村庄的口号，提出建设健康社会，提倡责任和义务的价值观念。总体来说，新村运动对促进韩国农村现代化的作用是非常明显的，其成功的原因他们自己总结了两条：一是贯彻竞争原则。实行优先支持优秀乡村的原则，实行村民自动参与与政府给少量物资支援和公务员积极指导相结合。二是组织新乡村指导者队伍。组织指导者是他们介绍最多的做法。他们组成由公务员、专业技术人员组成的自愿参与的指导者队伍，多达5000多名成员，在新村运动研修院学习培训后，派往全国各地乡村与农民一起干。此外，他们始终重视精神道德建设，贯穿运动全过程，从60年代开始倡导自助合作精神，80年代提倡节俭和生态理念，到90年代以来又提倡道德自律和责任义务，不断与时俱进，使新农村建设既是生产生活方式和环境的改造过程，也是农民素质的塑造过程，以及民族价值的坚持和创新的过程。

新村运动研修院的一位部长在给我们介绍情况和回答问题时反复强调到这一点。他们现在提出的一个响亮的口号是"伟大民族，伟大事业，伟大精神"。韩国政府这种重视现代化进程中道德传统的传承和重视心理建设的做法是成功的，从亚洲金融风暴时全民自动捐献黄金首饰帮助政府渡过难关，到全民动员顺利举办奥运会、世界杯等事件都能充分体现出来。2002年世界杯赛中韩国奇迹般地打进了四强，当晚汉城600万人上街庆祝，汉城成了红色的海洋（韩国足球队穿红色球衣，由于红色球衣告急要从中国购买）。从这里可以看到，民族、国家不分大小，只要在文化上有独特的价值，都能挺立于世界民族之林，在经济、文化全球化的浪潮中独树一帜，各领风骚。

参观新村运动博物馆

任何运动都有生有灭，尽管新村运动研修院的部长强调运动还在继续，但在我看来，韩国的新村运动随着农村人口的剧减（目前只占总人口的10%～15%）、农村人口的老龄化加快等原因已成为历史。当问及这个运动有什么教训时，部长也不回避，实事求是做了回答。一个原因是80年代后韩国知识分子对新村运动进行反思，认为朴总统的直接推动和政府的国家行政力的整体动员，虽使运动得以强力推进，但是也造成并助长了长期的政治独裁，给韩国民主化过程带来了许多副作用。另一个原因是"为了求及视觉上的效果而偏重于有形的事业，为此助长了村民们的依赖心和被动心态，降低了自发性"。对视觉效果的折旧建新的追求还导致破坏环境和传统文化这样一些更严重的消极作用。韩国民族是一个善于反省的民族，他们对新村运动正反两方面的经验教训的反思很值得我们在开展社会主义新农村建设中吸收借鉴。

写于2006年2月

美洲印象

四访洛杉矶

洛杉矶远景

这是我第四次到洛杉矶，一切都似曾相识，最使人难忘的是处处有阳光，处处有棕榈树，处处有车流。第一次是1992年参加中国电视新闻代表团到美国考察中文电视台；第二次是1995年到这里举办邓小平大型图片展；第三次是2002年到这里考察美国教育和商会；这一次是参加广东社会科学中心代表团来考察兰德公司等社科研究机构及文化单位建筑风格，为筹建广东社科中心大楼做准备。

洛杉矶太大了，山坡上到处散落着居民点，所以有游客说这里不像大城市，而像大乡村。洛城形成这种城市风格既有文化观念方面的原因，也有安全方面的原因，这里是地震带，历史上多次发生地震。人们都住在外表并不豪华的只有一层或两层的木屋，市中心只有十多座作为金融中心的摩天大楼。

耸立在高速公路旁的希尔顿酒店，在阳光照耀下很有气派。1995年我们来这里举办邓小平图片展览，当地侨界在这家酒店接待我们。作为中国改革开放之父，邓小平于1977年到美国访问，大受欢迎和瞩目，他那幽默的气质和三落三起的传奇人生征服了美国人。我们那次在旧金山和洛杉矶成功举办了邓小平大型图片展览，开幕式很隆重，各界人士纷纷来参观，一时间掀起了邓小平热，CBS广播公司现场直播，加州议会还把1995年4月20日定为"邓小平日"。

接待我们的陈先生来美国已11年，很健谈，也很喜欢谈论政治。他边开车边滔滔不绝地介绍加州的情况，发表对美国的评价。他认为，美国不是一个效率国家，而是一个程序国家，总统、州长都是按程序办事，谁当都差不多，没多少个人权力。美国权力是自下而上的，上面要对下面负责，对选民负责，布什总统来加州而

> 中国富裕起来了，
> 到美国来留学、访问的人很多，
> 如果住在唐人街，你会找不到出国的感觉，
> 因为看到的都是中国人，听到的是中国话，吃到的是中国菜。
> 其实，中国话中更多是粤语，中国菜中更多是粤菜。

州长施瓦辛格可以不出来陪同，与东方国家不一样，东方国家大多还是自上而下的，官员最主要是对上负责。从权力的源头看，效率与民主看来是难以统一的。

我们入住的酒店地处白人为主的居住区，虽然不大，但很幽静，服务设施很好，房间较宽敞，灯具、墙上的镜框和大床都带有中世纪色彩。中国富裕起来了，到美国来留学、访问的人很多，如果住在唐人街，你会找不到出国的感觉，因为看到的都是中国人，听到的是中国话，吃到的是中国菜。其实，中国话中更多是粤语，中国菜中更多是粤菜。为此有关机构把我们安排到唐人街之外的街区，让我们寻找一点文化差异。

广东籍侨民是最早到美国的中国人。据美国档案馆的文献，华人最早在美国的停留地是美国东岸，他们来美的媒介是中美贸易。1783年英美签订了《巴黎和约》，美国独立战争取得了胜利，成立了美利坚合众国。当时它还是个新兴的资本主义国家，而且经过战争的摧残、英国的掣肘，面临重重困难。为了摆脱经济困境，纽约商人、政要于1784年集资派遣帆船"中国皇后号"（Empress of China）到广州，开始了中美直接贸易。据说这是海上丝绸之路向北美拓展的开端。第二年，美国商船"帕勒斯号"（Pallas）从广州回航到美国东岸的巴尔的摩港，船上有三名中国人，他们是现存记录最早踏上美国国土的中国人，是广东台山人。原来有一种说法，即会讲广东话，甚至只会讲台山话就可以闯荡美国。我们在美国的第一顿饭不在广东侨民的饭馆吃，而在"北方饭馆"，像是江浙一带的华侨开的，饭菜还可以，但没有广式老火汤。随着国内开放，越来越多的新华侨到了洛杉矶，其中大部分是讲普通话的。由于新华侨多了，粤菜馆也开始喜欢雇用讲普通话的留学生了。目前在洛城的华人已近百万人，在全美占了首位。

写于2006年2月

考察兰德公司

这次访美的一项重要公务活动，就是到闻名世界的兰德公司参观访问。我们早上6时就起床，7时出发。克莱蒙研究所研究员汤本先生邀请我们坐他的车一同前往。洛杉矶真的很大，我们从酒店到兰德公司总部转换了三条高速公路，开车两个小时。

汤本先生边开车边给我们介绍兰德公司。兰德公司成立于1948年，是美国最重要的以军事为主的综合性战略研究机构。它先是以研究军事尖端科学技术和重大军事战略而著称于世，继而又扩展到内外政策各方面，逐渐发展成为一个研究政治、军事、经济、科技、社会等各方面的综合性思想库，被誉为现代智库的"大脑集中营""超级军事学院"以及世界智库的开创者和代言人。它可以说是当今美国乃至世界最负盛名的决策咨询机构。20世纪90年代以来，兰德公司65%的收入来源于美国联邦政府，剩余35%的

访问兰德公司

> 尽管资本来到世界上每个毛孔都是血腥的，
> 但它仍是属于全社会的，
> 它带来了社会分化，
> 也带来了生产力的发展以及社会和大众的文明进步。

收入来源于许多不同的客户。然而，兰德始终坚持自己非营利的民办研究机构的性质，坚持独立地开展研究工作，与美国政府只是一种客户合同关系。

兰德公司总部大楼是一座白色建筑物，坐落在风光优美的海滨小区。可能是由于兰德公司很重视安保，我们进去要登记护照。带我们参观并介绍情况的是兰德公司亚太部主任戴先生，他曾在香港工作了十几年。兰德公司是二战后建立起来的，目的是把战争结束后可能失散的研究核武器的专家及其他方面的专家联结起来进行战略研究，以影响美国白宫。作为一个最大的、政治独立的研究机构，兰德几十年来长盛不衰，从原来的专家精英群体发展到拥有1600多名研究人员，在纽约、华盛顿、匹兹堡、中东地区设有办事处的最大民间研究机构。

戴先生认为，兰德之所以能取得成功，一是得益于美国的多元化思想环境及民主体制。白宫除了听取政党内的各种基金会、智囊团献策外，很需要听到一种代表民间的理性声音。戴先生不无自豪地说："尽管我们的研究结论往往令白宫非常愤怒（如我们军事部提出伊拉克战争是一个大灾难等等），但我们仍然强大地存在着。"他介绍，政府特别是军方委托课题是经费的主要来源，他们的课题最多的是来自国防，其次是教育和医疗研究。除政府外，他们也大量地为私人公司，包括来自中国的私人公司服务。二是十分注重研究质量。兰德的专家发表报告成果，必须请两位外面的专家进行审评，包括请经常持反对意见的专家来审评，提问题，挑毛病。三是求实客观的学术精神。超越政党利益的立场，坚持研究的独立性。政府给了钱研究，有时得到的是与政府完全相反的意见和结论。四是"想不同的"。这是爱因斯坦的原话，相当于我们经常讲的创新精神、问题意识。五是全球化视野。着眼于美国的全球战略，预测国际经济、政治、军事格局的变动，因而他们不是按经济学、社会学等分部门，而是按世界不同地区分部门，俨然以世界发展为使命。六是适应环境变化不断调整自身的战略。七是复合性管理理念。他们的研究人员由社会科学家、自然科学家、工程师等组成，甚至还包括艺术家,因而有很强的应用性和操作性,听说有不少中国留学生在里面工作,每天可拿到250美金。八是对预算的严格审核。课题研究的预算对每一个员工干什么、工作量如何都要经过评估,每两周核查一次。戴先生说,我们感兴趣的不是发表了多少论文,而是是否改变了政府的政策。

访问兰德公司后,我们由汤本先生带着到洛杉矶盖蒂艺术中心(Getty Center),该中心位于圣塔莫尼卡(Santa Monica)山脚。鸟瞰洛杉矶全景的盖蒂中心是由世界一流建筑师理查德·迈耶设计的,其风格是简洁的线条,明快的色调,自然的采光,室内天井与室外花园浑然一体,开放的空间集具细腻与粗糙的和谐美感。盖蒂艺术中心藏品虽然只有五万件左右,但质量实属上乘,其中包括凡·高等许多大师的重要作品,尤其是文艺复兴时期的一些珍品更为难得。盖蒂艺术中心的另一特点是建筑与环境景观设计相协调。在美术馆庭院间处处点缀着水池、山石和植物景观,巨大的圆形中央花园里400多株杜鹃花组成了一个植物的迷宫,其灵感则是源于典型的欧洲园艺传统。盖蒂花园中还种植着300多种不同的植物,达一万余株。

盖蒂艺术中心的雕像

盖蒂是一个大富翁,生前酷爱并购买收藏了大量从古希腊、古罗马时代到文艺复兴时代的艺术品。有一次他儿子遭绑架,他舍不得给绑匪巨额赎金,结果儿子被割去一只耳朵。盖蒂死后留下60亿美金,根据他生前的要求成立了基金会。基金会没有辜负盖蒂的艺术情结,于20世纪90年代花了12亿美金建了这个艺术中心。它以依山观海的视野、戏剧化的建筑、宁静的花园、价值连城的展藏品成为洛杉矶一个十分著名的艺术景点。参观是免费的,民众可免费进入参观欣赏。我们调侃说,这位富翁以牺牲儿子的耳朵为代价拯救了大量的人类文明遗产。从这个意义来说,尽管资本来到世界上每个毛孔都是血腥的,但它仍是属于全社会的,它带来了社会分化,也带来了生产力的发展以及社会和大众的文明进步。

写于2006年2月

"牛仔"精神就是美国人开拓西部过程中留下来的文化遗产的结晶,
虽然那种闯荡江湖、敢于冒险、劫富济贫的"牛仔"形象只多见于好莱坞大片,
而在实际生活中消失了,
但作为一种民族精神将长久地影响美国的政治生活、文化生活和对外交往。

汤本先生

我们从酒店出发坐两小时车到林肯中心参加汤本先生为我们举办的"美中交流和科学战略：首届美中智囊学者学术会议"，出席人数不多但议题重大，这是我国地方智库和美国顶级智库面对面的学术交流。会议由汤本先生主持，子彪团长首先介绍了广东经济发展的最新成就，我介绍了广东文化和广东省社会科学院研究的情况。

会议议程和时间很紧凑，思想和信息含量很高。美国兰德公司首席战略、政策分析师拉森先生（Dr. Eric Larson）作的《影响外交和战略决策的美国人的世界观》的演讲对我们很有启发，尤其是其中讲到的美国公民对中国的态度的变化。中国改革开放初期，美国看好中国的开放变革，民间对中国的发展持乐见其成的心态，而当看到中国加入世界贸易组织（WTO）后的快速崛起时，美国人的心态复杂起来。当前，50%的美国人持中国威胁论，许多蓝领工人认为是中国抢走了他们的饭碗。看来中美关系能否长期和平相处，不仅需要政府层面的沟通互信，更多的是需要民众的沟通互信。所谓威胁，不过是对美国超级霸王地位的影响，美国人那种以世界为己任的心态使自己活得很累。拉森先生报告的观点不一定正确，但他使用的大量的抽样调查、定量分析的方法，用数字（对一个问题从不同的侧面给受访者不同的选项）说话

美中智囊学者学术会议

汤本先生（前排中）与代表团合影

的研究风格，得到了访问团成员的赞赏。这种方法虽然不是绝对可靠的，更不是万能的，但是对改革某些社科研究机构常用的那种抓住一些数据、一些实例就简单下判断，追求一个宏大分析体系的急功近利式的研究方法是有借鉴作用的。

　　会上华人学者王作越博士、杨卫宁律师等也做了美中科技政策分析、企业孵化、知识产业的法律问题等演讲，由于时间有限，他们都只讲了5~6分钟，但他们显然做了精心准备，那种敬业精神以及渴望与国内学者交流的心情和热情使我们感动。他们都是汤本先生的朋友，经常一起探讨中美关系问题，经常到中国进行学术交流，长期从事中国的改革发展研究，渴望与我们建立稳定的学术和文化合作机制。

　　这两天我们经常提到汤本先生，对汤本的敬慕之情溢于言表。看来汤本先生在当地侨界是一个有影响的人物。我是在广东省情研究中心主办的一次学术活动上认识汤本的，并邀请他到社科院演讲中美关系。一开始与汤本接触时，觉得他的演讲较重视现场效应，语言有张力，有一种语不惊人死不休的感觉，听了他两场报告后，觉得他确有个人独立思考和战略思考。汤本所在的克莱蒙研究所属于保守党的智囊之一，汤本在该所建立了一个亚洲研究中心，另外自己还成立了一个公司，开展学术与文化交流和经营活动。他经常在《参考消息》上发表关于亚太局势的评述文章，对我国的改革发展及外交战略提出参考建议，但他更大的影响力或者说主业是演讲。他的演讲有两个优点：一是思维开阔。他对中美关系走势有独到的见解，主张中美联手主导世界，中国要学习美国，消化美国，超越美国，主张对外关系中的实力原则。二是富有煽动力。他是从文学硕士转为做政治经济研究的，反应敏捷，文采洋溢，语言和表情都丰富而到位，适当的修辞与大胆的判断结合为一体，开阔的世界视野与对中国国情的了解把握相得益彰，因此他的演讲很受欢迎。2005年他到广东省社科院做首次演讲时，全院专家学者都被他的观点、热情和才华所感染。我们聘请了他为社科院理事会顾问。

汤本说他在吉林当过知青，曾与政界、学界、商界的许多名人同为农友，有很深的知青情结，他反复讲到我们这一代人对国家和民族的历史责任，讲我们这一代人要有"牛仔"精神，就是英雄主义、理想主义，追求公平正义等。每当他讲到这一点，都能唤起我当过知青"牛仔"的那种自豪感，触动那一辈子都挥之不去的人生苦旅。知青话题代表着一个时代的人对革命理想的追求和艰苦奋斗的历程。

我以前也研究过民族精神，从"牛仔"精神中得到关于文化的新的感悟。民族文化的"物化"形式如习俗、方言、戏剧、乡村民居等对于民族文化的传承是珍贵的，但这些都是文化形式，最终将随着社会现代化进程而进入博物馆，消失于现代社会生活现实中。只有内化为一种自觉或不自觉的实践精神，才能深入到民族的血液中去，才能转化为民族文化遗传基因世代相传，像大江东去那样奔涌不息，渗透到生活世界的无比广阔的时空中去。"牛仔"精神就是美国人开拓西部过程中留下来的文化遗产的结晶，虽然那种闯荡江湖、敢于冒险、劫富济贫的"牛仔"形象只多见于好莱坞大片，而在实际生活中消失了，但作为一种民族精神将长久地影响美国的政治生活、文化生活和对外交往。

写于2006年2月

从拉斯维加斯看美国人精神

从洛杉矶到拉斯维加斯要驱车穿越500多千米的戈壁滩，每一次来这个城市都要忍耐几个小时的灰色的枯燥旅途，而每一次到这个城市都能看到更新更豪华的酒店、游乐园、赌场。

拉斯维加斯位居世界四大赌城之首，是一座以赌博业为中心集旅游、购物、度假于一体的世界知名度假城市，有"世界娱乐之都"的称号。1946年，拉斯维加斯出现了博彩业。50年代发展为以赌博为特色的著名游览地，60年代开辟了沙漠疗养区。城市经济主要依赖旅游业，市内有众多豪华的餐馆和博彩业等，有查尔斯顿娱乐区和峡谷国家博览馆。城郊是矿区和牧场，有规模颇大的内利斯空军基地、美国能源研究所和开发局的内华达试验场。如今每年来拉斯维加斯旅游的3890万旅客中，参加会展活动、购物和享受美食的占了大多数。

另外，拉斯维加斯还有另一个浪漫的名字——结婚之城。据统计，平均每年在拉斯维加斯登记结婚的男女有10万对左右。拉斯维加斯的结婚登记手续非常简便。根据拉斯维加斯的法律规定，年满18岁以上的男女，都可以自行前往婚姻登记处领取结婚证书。除此之外，还有一个婚姻委员会也可以办理结婚登记。在这里，只要对自己的心上人说出"亲爱的，我们结婚吧"，不必排队，不必验血，不必等候，连周末假日都有通宵办公的婚姻登记处，只要5分钟，就可完成终身大事。在此结婚，除了速度快之外，花样繁多，应有尽有。除了向官方单位登记之外，饭店大半都能代劳，许多饭店甚至还提供各式主题的婚礼套装产品，供游客参考选用。

拉斯维加斯是美国人精神的浓缩和体现——

一是实用主义精神。美国人崇尚实用主义，不尚空谈，敏于行

> 美国人崇尚实用主义，
> 不尚空谈，
> 敏于行动。

拉斯维加斯还有另一个浪漫的名字——结婚之城

动。实用主义作为一种哲学，发端于19世纪70年代的哈佛大学，由皮尔士等创立，后由詹姆斯、杜威等发扬光大，推广到全社会，成为美国半官方的哲学。它的"有用便是真理"的方法论和价值观渗透到美国人的血液里，融进了政府行为和人际关系之中。内华达州大部分是贫瘠的不毛之地，大片的戈壁沙漠，于是立法通过赌博、性交易合法化，把美国乃至全世界的赌徒、嫖客、妓女吸引过来，硬生生地在荒野上建起了拉斯维加斯这样的现代赌城，很短时间内就改变了内华达州的经济、财政、就业等状况。

二是冒险精神。一些赌徒为了发横财不惜一掷千金，甚至赔上身家性命。赢

拉斯维加斯夜景

利和成功是每个人趋之若鹜的，赌博中能赢利或成功靠的不是知识和技术，而是运气，靠赌博不可能稳赚不赔，所以是典型的冒险。赌城的迅速发展是美国人的冒险精神造成的。美国人的冒险精神不仅表现在赌博上，更多地显示在科学探索上，登月、探测火星，并为登上火星做准备都是美国人异想天开并且取得巨大成功的。攀岩、赛车、跳伞等极具挑战性的运动项目，是美国人的至爱。布什老总统以跳伞来纪念90岁生日，使人瞠目结舌。这种冒险精神还刺激了企业家创新和创业，硅谷许多成功的企业家不少是刚从大学毕业就迫不及待地冒风险创办公司之人，失败和破产是常态。当然，这种冒险精神在对外关系上，可能导致好战和侵略。

三是浪漫精神。赌博不仅仅要有发财的冲动，还要有"千金散尽还复来"的自信心和出世精神，抱着输得起、放得下的心态，那些患得患失之人一般是不会来玩的。所以说，赌博是冒险，也是一种浪漫。美国人的祖先乘坐"五月花"号离开英伦家园，毅然决然地来到北美大陆创建家园，既是自断后路的冒险，也是向往阳光和理想的浪漫，是打破旧传统、创建新生活的浪漫。至于那种卖掉房子换房车穿州过市旅游的浪漫，那种为了追求自由经常炒老板的浪漫，那种无论富人穷人都穿牛仔裤、休闲服的浪漫，更是处处显示在美国人的日常生活之中。

四是创新精神。创新往往是不按常理出牌，独辟蹊径，别出心裁，出奇制胜。一个无水无资源的内华达州，竟然在沙漠里创造了这个世界奇迹。目前拉斯维加斯人口已达到100多万人，经济和人口增长全美第一，现在不仅是博彩业的天堂，而且会展业发展迅速，每年有几千场会展活动，已成为支柱产业，每逢节假日许多人带着小孩来这里旅游。文化与财富如影随形，巴比伦皇宫、埃及金字塔、威尼斯水城、巴黎埃菲尔铁塔、凯旋门、纽约、曼哈顿等各种古代和现代文明的标志都可以在这里找到。

当然，这座城市从20世纪40年代开始建造以来，不知上演了多少破产、自杀、仇杀等血泪悲剧。马克思说的历史的进步往往以部分人甚至整个阶级的牺牲为代价确是深刻至极。

写于2006年2月

迈阿密与黑人运动

迈阿密是佛罗里达州最大的城市，位于美国东南角，在半岛的南端，环绕着美丽的墨西哥湾，一派热带风光，当美国北部大雪纷飞时，这里仍可到海上戏水冲浪。我们全团除了团长外，都没有来过，所以对这个移民城市很有新鲜感。进入市区时，看到很多黑人聚集，接待我们的刘博士说，迈阿密与中南美洲接壤，黑人、西班牙语系的人很多，黑人占总人口的13%，著名的黑人领袖马丁·路德金曾在这里活动。为了纪念这位捍卫黑人人权的先驱，这里每年都举行为期一个月的黑人节，许多黑人到这里集会、讲演、跳舞、唱歌，迪斯科的音乐震耳欲聋，人与汽车拥挤在一起，需要很多警察维持秩序。迈阿密曾拥有全美最高谋杀率的"罪恶之城"的"美誉"，今天则以其阳光、海滩、多元文化吸引世界无数的人来这里观光度假、养老，现在这里是老年人、时装设计师、比基尼泳装模特儿聚集地，号称富人的天堂。

美国在20世纪60年代以前，社会

无论如何改朝换代，
自由、民主、平等、人权始终被奉为国家的价值观，
成为国家的核心理念和精神支柱。

迈阿密市中心鸟瞰图

的种族歧视十分严重，黑人不能与白人一起坐车，不能进许多公共娱乐场所，黑人子弟与白人子弟不能同校读书。马丁·路德金发起的黑人运动得到了广大黑人、许多追求正义的白人乃至全世界人民的支持和声援。毛泽东主席曾在天安门城楼上对百万群众发表支持马丁·路德金发起的美国黑人运动的声明。这场运动的历史意义不亚于美国的独立战争和南北战争，彰显了人类的自由、人权精神。如今，种族歧视在美国被严格禁止，黑人进入政界、商界、学术界的名人很多，前任美国国务卿鲍威尔、现任国务卿赖斯都是黑人。

这场运动的胜利不仅是黑人的胜利，也是自由、民主、人权精神的胜利。黑格尔说过，东方国家只有一个人——皇帝是自由的，古罗马、希腊只有部分人（市民阶层）是自由的，而以日耳曼为中心的欧洲是全体人自由的，因而，世界历史真正从欧洲开始，世界精神将从这里展开对象化并返回自身的辉煌历程。黑格尔这些判断带有牵强的成分，但强调有全体人的自由才有世界历史，才体现理性精神的思想是深刻而伟大的。一个社会、一个制度中如果还有一部分人，哪怕是很少数人，由于种族、出身、宗教等原因被剥夺自由和人权，那么全体人的自由和人权必定得不到保障，这种一切人的自由思想在马克思的"无产阶级如果不解放全人类，就不能最后解放自己"的《共产党宣言》中得到了体现。

马丁·路德金是美国著名的民权运动领袖。1963年，马丁·路德金与肯尼迪总统会面，要求通过新的民权法，给黑人以平等的权利。1963年8月28日，马丁·路德金在林肯纪念堂前发表了题为《我有一个梦想》的演说。他是1964年度诺贝尔和平奖的获得者。1968年4月，马丁·路德金前往孟菲斯市领导工人罢工后，被人刺杀，年仅39岁。从1986年起，美国政府将每年1月的第三个星期一定为马丁·路德金全国纪念日。马丁·路德金被美国的权威期刊《大西洋月刊》评为影响美国的100位人物排第8名。黑人的解放与白人的解放是相互促进的，美国白人也在这场黑人运动中增进了民主、自由、人权的权利。在2005年马丁·路德金遗孀去世的追悼日，克林顿、卡特、布什父子等五位总统出席了纪念仪式并发表了讲话，高度评价了她的历史贡献。

有人一概而论说美国人讲自由、民主、人权是虚伪的，看来并不完全对。美国人以《独立宣言》（亦称《人权宣言》）作为自己建国的纲领，两百多年来围绕人权展开了无数的斗争，甚至是流血冲突。无论如何改朝换代，自由、民主、平等、人权始终被奉为国家的价值观，成为国家的核心理念和精神支柱，尽管在这些理念的理解上，不同时代、不同阶层的人有所不同，尽管在实践这些理念的过程中出现过无数的谎言、罪恶、暴行，但美国人从来不放弃这些理念，而且在实践上，为民族自由平等，以及为阶级、阶层的自由平等的斗争从来没有停息，这些斗争推动着美国政治体制和社会政治生活取得了巨大的历史进步。在美国的对外关系、对外交往中，民主、自由、人权也是美国人的一个原则，然而在实际的交往中这些原则往往被置于国家利益之下，甚至被作为颠覆其他国家政权的借口，这是明显的"内外有别"，双重标准。这种矛盾既不可否认也不可能非理性地加以排除。从黑格尔的辩证法来看，理想和现实、目的和手段是自由精神展开的永恒矛盾，迈向自由的历史进步往往以恶为动力，在恶与善的观念冲突和自我与他人的利益冲突中开辟前进的道路。我们要反对美国的双重标准，但不能抛弃人类的这种美好理想，要把"自由、民主、平等、人权"作为人类文明进程的最珍贵遗产和历史进步的必然要求，作为马克思主义的人的解放理论的灵魂继承和发展，大大书写在社会主义的旗帜上。

写于2006年2月

浪漫的迈阿密

迈阿密是一座阳光之城，我们一早从所住酒店的落地玻璃墙看出去，阳光毫不吝惜地洒满了整个城市，海面和现代建筑熠熠生辉，与寒冷的北方相比较，这里处处充溢着热带的活力和拉丁文化的浪漫，各色人种在这里相互交往，俊男美女使海滩具有无穷的魅力，海水随深浅不同呈现出蓝色与绿色的变化。据说"迈阿密"（Miami）是西班牙语的音译，意思是甜蜜的水。

上午，我们参观大沼泽地国家公园。此公园建于1974年，占地面积是佛罗里达州的十六分之一，位于佛罗里达州南部尖角位置。我们坐鼓风船进入大沼泽地的内缘，一望无际的湿地植物，灌木、芦苇、浮莲等在热风劲吹下翻动着，美洲鳄、大草龟不时浮出水面，黑鹭、白鹭在丛林间飞翔，好一幅大自然的原始生态图！辽阔的浅水湾和茂密的红树林为无数野生动物提供了栖息之地，也为人类提供了生存和思维的广大空间，提供了生活多样性的可能想象。佛罗里达州政府在地价持续上涨的情况下，听取专家学者建议，拿出这样的大块湿地作为国家公园，使之永世保护起来，确是造福这里的人民、造福人类。

但是，一路上也看到一些令人担心的现象。通往沼泽地中心的公路两旁，有许多地块已被房地产开发商买去，他们把水排干，使大片的灌木枯死，实在令人心痛。听导游说，这片大沼泽是印第安人的保护区，他们住在沼泽深处，很少出来，也有些年轻人在通婚读书后走进现代社会。美国政府一个多世纪前从印第安人手里巧取豪夺了大片大片的土地，印第安人遭到毁灭性的剿杀。现在，美国政府通过设立保护区，允许保护区中开设赌场等特殊产业等方式回馈这些美利坚土地的老主人。印第安人体魄很健康，在恶劣的环境

我们坐鼓风船进入大沼泽地的内缘，
一望无际的湿地植物，灌木、芦苇、浮莲等在热风劲吹下卷动着，
美洲鳄、大草龟不时浮出水面，黑鹭、白鹭在丛林间飞翔，
好一幅大自然的原始生态图！

迈阿密

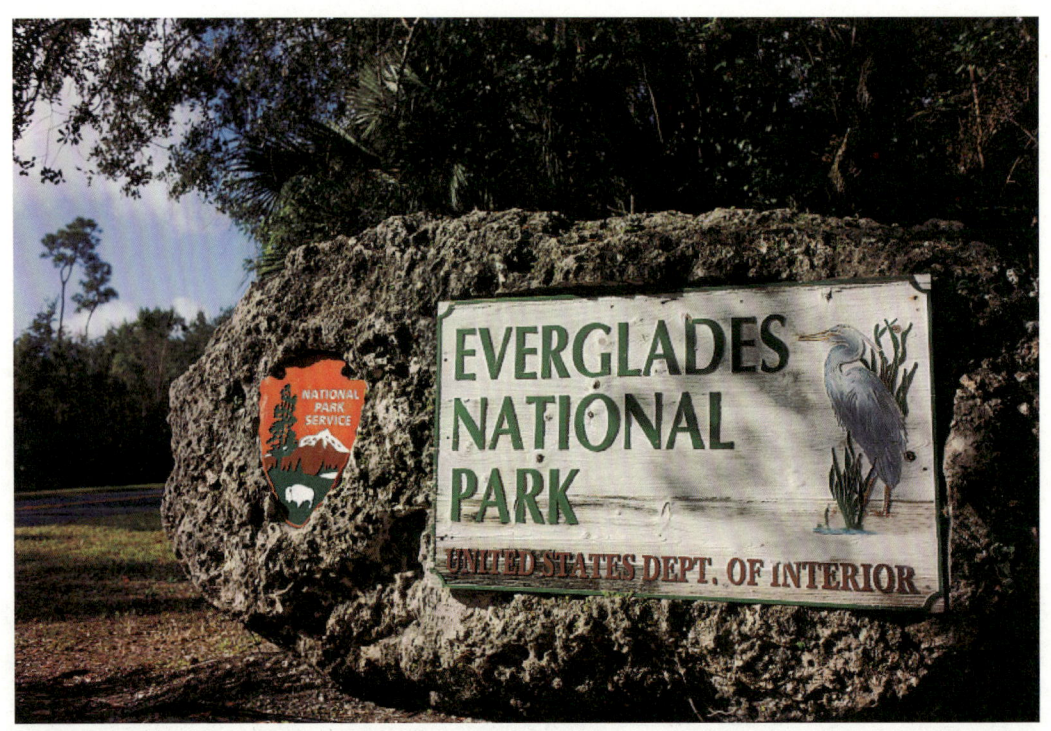

大沼泽地国家公园

中能绵延下来说明他们基因强大，有很强的生命力。听说前些时候北欧某国公主嫁了一个印第安血统的青年为丈夫，对个人来说是一种冲破种族与门户之见争取爱情婚姻幸福的勇敢行为，从人类整体讲是人种多样化遗传基因实现自我优化、保护和传播的规律自动调节所使然。

海是迈阿密得天独厚的资源优势，墨西哥湾和大西洋分别从东南和西面拥抱迈阿密，使这座城市具有蓝绿色的基调、开阔的视野、五彩纷呈的大气景观。以海为中心，或用时兴的话说，抓住海这个卖点，迈阿密大力发展旅游业和房地产业，全市的旅游业收入一年已达到340多亿美元。

温暖的海滩在哪里都是吸引游客的巨大磁场。迈阿密海滩位于城市东西方向约四英里处，整个城市实际上是建筑在一条横跨毕士肯湾（Biscayne Bay）的沙堤上，当地人称该沙堤为10亿美元的沙坝，街道系统根据南北和东西走向以数字代替。这个沙滩建有两个裸体浴场，一个是较随意的，穿不穿衣服由你；一个是严格的，非裸人士严禁内进，那些喜欢偷窥之人，那种只看别人脱而自己仍然衣冠楚楚的人是无法进入的。白色沙滩、古铜色肤色的美女俊男、蓝色的大海，构成一幅既赏心悦目又充满诱惑的立体油画。浪漫的西班牙文化风情造就了这种"裸文化"。我们经过沙滩上那个非严格的裸体浴场时（即可穿可不穿泳衣的），只看到一男一女，男的上身穿衣，下身裸露走来走去，看起来怪怪的，女的是一个模特，半裸着躺在沙滩上由摄影师照相，倒是很美的。导游说由于突然下雨，天气变冷，所以来的人少了。看来"裸文化"只有在饱暖以后才能去享受。人体是最美的，所有的教科书都这么说，用在曲线明显的女郎和高大刚健的男士身上最为贴切，至于那些大腹便便、行动迟缓的超胖男女，即使用人文审美观为尺度，也很难说服自己认同为美。

蓝绿色的大海和四季温暖的气候使迈阿密成为富人趋之若鹜的最宜于人居的天堂，靠近海滩的公寓近几年来价格直线上升，最昂贵的达到2.5万美元/平方米，许多犹太人科学家住在这里。我们参观了号称"威尼斯"的豪宅区，看到了世界首富比尔·盖茨的房子，那是一幢紧贴海湾、拥有游艇的白色别墅。盖茨不仅是财富的象征，也是智慧和创造的象征。乔丹、

墨西哥湾的海滩

奥尼尔等NBA明星也大多住在这一带的豪宅区内。这个住宅区的开发商把海道引到每一家住所前面，开游艇出海就如骑自行车出门一样简单，有的家庭前面停泊的游船简直可以越洋过海。富人们积聚财富为自己享受，用传统的眼光来看可恶至极，但从人类文明演化的历史观看，财富的积聚不仅是工业化、现代化的前提，而且是一切伟大文明得以世代传承的前提。纵观世界历史，不少流传至今的文化遗产尤其是建筑艺术遗产，许多都是由于权贵追求享受、追求名垂千古而建成的。善是历史的永恒方向，留下来的往往是思想和文字，而恶是历史的一种动力，留下来的往往是物质和财富。

写于2006年2月

杰弗逊与《独立宣言》

华盛顿哥伦比亚特区（以下简称华盛顿）是美国首都，1791年由法国人规划设计，现在发展成为世界政治文化中心之一。我是第三次来华盛顿，与大家一起参观了几处具有代表性的文化地标：国会山、独立塔、杰弗逊纪念堂、林肯纪念堂、白宫、航空展览馆等等。这次的收获是进了国会、独立塔内参观，以前由于时间匆促和人太多，没有进去。一路上我们还看到发生水门事件的水门大厦、副总统办公室、国务卿办公室，等等。

杰弗逊纪念堂不如林肯纪念堂壮观。托马斯·杰弗逊是美国《独立宣言》的起草者，他在美国思想史上的地位一点也不低于林肯。人们一般都知道杰弗逊关于社会平等、人权的思想，而对他关于文化知识的伟大历史作用的思想知之不多。他有三句话被铭刻在纪念堂地下室："知识就是机会，知识就是财富，知识就是力量。"其中第三句为我们从小就耳熟能详，似乎杰弗逊当时就已预见到知识经济时代的到来是不可改变的趋势。我们看到许多中学生到这里参观，接受爱国主义教育。

杰弗逊是美国开国元勋中最具影响力者之一，1801—1809年任美国第三任总统。除了政治事业外，杰弗逊同时也是农业学、园艺学、建筑学、词源学、考古学、数学、密码学、测量学与古生物学等学科的专家，又身兼作家、律师与小提琴手之职。许多人认为他是历任美国总统中智慧最高者。

1809年，杰弗逊在功成名就后隐退，回到蒙蒂塞罗，住进了自己设计的房屋。晚年致力于研究建筑工程、哲学、古生物学和自然科学的杰弗逊，还制定出一套大、中、小三级教育制度。

1812—1825年，他亲自筹划并建成弗吉尼亚大学，并担任该

从人学的哲学原则看，
人权高于一切并不是美国人的发明，
它实质上是文艺复兴以来追求人的自由解放的人道主义原则。

坐落在潮汐湖畔的杰弗逊纪念堂

杰弗逊纪念堂

校第一任校长。

  美国把自由、平等作为自己建国的理想和目标，杰弗逊起草的《独立宣言》开头第一句就是："人人生而平等，人人拥有生命、自由和追求幸福的权利。"美国人把这种政治理性贯彻到经济、政体、法制、文化等社会建设方面。出于这种理念，美国的开国精英们在设计对内政治体制时，基本出发点是保证民众的最高权利，不允许有一种绝对权力不受约束地凌驾于全社会之上。为了从制度设计上达到这个目的，美国最高法院的大法官是终身制的，为的是免受任何胁迫，以保证司法独立和公正。因而美国总统不能为所欲为。然而在历史上，美国总统也不乏滥用权力的事例，如著名的水门事件，后来被揭露，尼克松黯然下台。所以毛泽东说过，斯大林严重破坏法制的事情在英、法、美这样的西方国家不大可能发生。社会主义民主与法治建设关系着社会主义国家的长治久安。

在对外关系上，美国参加了两次世界大战，二战后还发动了越南战争、朝鲜战争、海湾战争几次影响全球的战争，除为了自己的国家利益外，美国这些对外战争也是有其价值观念做基础的，其中一条是人权至上，"人权高于主权"。按照现行国际准则，这显然是行不通的，必然导致美国打着人权的名义把自己的霸权强加于世界各民族的平等之上。人权至上往往成了美国推行霸权主义的借口。

有学者认为，从人学的哲学原则看，人权高于一切并不是美国人的发明，它实质上是文艺复兴以来追求人的自由解放的人道主义原则。马克思的思想中也渗透着这种观念，体现着人道主义的价值要求。他在《黑格尔法哲学批判》《神圣家族》等早期著作中就指出，人的本质就是人自身，要摧毁一切压迫人、剥削人的社会制度。资本主义的灭亡和社会主义的胜利之所以不可避免，是因为资本主义存在着严重的阶级压迫和阶级剥削。他在《共产党宣言》等成熟期的著作中反复强调人类的自由解放是无产阶级的历史使命，无产阶级不解放全人类，就不能最后解放自己，"全世界无产者联合起来"是《共产党宣言》的最后一句话，《国际歌》也就成为共产党的"党歌"。后来列宁说过"工人阶级没有祖国"，凭着《国际歌》他们可以到处找到自己的同志，就是在无产者联合起来的意义上对马克思这个理想的进一步发挥。

如果从人类解放历史的必然性看，人权高于一切无疑是许多伟大思想家的美好理想，但在现阶段，我们应当怎样看？简单地从美国对外交往中理论与实践、目的与效果相分离甚至相对立的一面来否认这句话，是缺乏思想的逻辑力和感染力的，是软弱的。应当首先承认人权的崇高性和普遍性，我们的共和国本身就是体现人权原则的产物，同时又要看到思想的正当性与现实的可行性是有差别、有矛盾的，如果把思想的正当性作为一个国际准则，那就会引起世界大乱。人类的解放只能在各民族、各国家的人民首先争取生存权、发展权继而发展民主自由的实践中得到实现。解放首先是每个民族每个人内在的要求，是人民群众充分认识自己的自由平等权利的不可剥夺从而为之奋斗的历史过程。

写于2006年2月

美国人的全球使命感

我们去纽约的途中要经过费城。在费城，我们参观了被美国人视为国宝的费城自由钟和独立宫。1776年美国北部13个州取得对英国独立战争的胜利，在独立宫宣读《独立宣言》（即《人权宣言》），敲了13响自由钟，紧接着费城全城万钟齐鸣，宣告美利坚合众国的成立。因为是国宝，自由钟有专人保卫，反恐战争以来进去参观还要做严格的安全检查。自由钟旁不停地播放专门的录像，重现与自由钟相关的美国建国、废除黑奴制的南北战争、美国登陆诺曼底的战斗等片段，片子的最后两句话大约是："不要忘记还有多少重担等待我们去承担，还有多少道路等待我们去跋涉"，充满了历史的使命感。

美国的开国精英们认为，美国是一个有使命感的国家，从建国起就以自由、平等、人权为己任。美国建国200多年来，创造出来的物质生产力比其他资本主义国家所创造的所有生产力的总和还要大得多，民主法治体制也越来越完善。当然，作为一个帝国主义国家，其侵略和掠夺的本性是不可改变的，国家利益与资本主义的结合，使美国具有强烈的对外扩张的冲动。

从历史角度看，随着人民的斗争和社会进步，当代美国人的民主权利是比较充分的，民权的地位是很高的。导游说，议会的建筑肯定要高于行政和执法部门的建筑，他们把这看作是一种象征。

美国人崇尚自由创造精神，在迈阿密，一个石油富翁在19世纪初，修造一座跨海近一百海里的大桥到古巴，已建的一段近七英

费城自由钟

人生的理解，

中国人与美国人是不一样的，

中国人往往把"人生"理解为"人的生活的全部历程"，

而美国人对"人生"的诠释是"人追求梦想并由此展开的全部生命之旅"。

位于美国费城的独立宫

美洲印象　　　思维的漫游

纽约曼哈顿

里的大桥至今还在。我们开玩笑说，如果这座大桥真建成了，可能就没有古巴革命了。

美国人的自由创造精神也从曼哈顿无数的摩天大楼中可以体现出来。陪同我们的詹博士认为，曼哈顿拥有全世界最壮观的摩天大楼森林，但是纽约真正的价值不在这里，而是在街道上走着的各种各样的人，它以博大的兼容性接纳了来自全世界不同国家和民族的人，每一个纽约人都怀着自己的梦想，每一个纽约人都有梦想成真的可能性。纽约人信奉一条：你的梦有多大，你的成就就有多大。

人生的理解，中国人与美国人是不一样的，中国人往往把"人生"理解为"人的生活的全部历程"，而美国人对"人生"的诠释是"人追求梦想并由此展开的全部生命之旅"。相对来说，中国人比较务实，在务实中不失使命感，如范仲淹的"先天下之忧而忧，后天下之乐而乐"等等。然而，这些理想在历史上多是以皇权为中心的忧国忧民之感，而且没有与之相应的制度设计。孙中山的"天下为公""三民主义"等，是非常好的建国理想，然而孙中山领导的民主革命没有成功，没有写出一个像《人权宣言》那样深入民众并体现在制度上的国家纲领。改革开放以来，我们党把人类文明共同价值与中国国情结合起来，走出了一条中国特色社会主义人权发展道路。在发展社会主义市场经济的过程中，如何坚持社会主义核心价值观，高扬科学和民主理想精神，不断推进社会文明进步，同时又面向全球化和现代化，为世界范围内的人的解放奉献东方智慧、东方价值，提升国家软实力，使中华文明成为全球化不可缺少的一股源头活水，是我们这一代人的历史责任。

美国为了维持唯一超级大国的地位，对上升中的国家力量非常敏感，快速发展中的中国被看作是潜在的危险的对手。这也难怪，在美国，处处都离不开"中国制造"，我们在考察时，有时想买点美国本土制造的纪念品回去，但确实不容易，一不小心就"上当"，买了貌似洋货的国货，一位朋友在迈阿密买的物美价廉的相机已被证实是"广货"。以前很多"中国制造"的商品只能进跳蚤市场，而现在许多已堂而皇之地进入包括曼哈顿第五大道的各种大商店。可以相信，随着越来越多的中国企业更加重视自主创新，更加重视产品的质量和信誉，"中国制造"将在国际市场上拥有更强的竞争力和更大的影响力。

写于2006年2月

首访加拿大

2014年10月，我随广东省政协访问团出访加拿大。此前，2006年我到美国访问时曾经到过与加拿大一河之隔的水牛城，从尼亚加拉大瀑布的南岸眺望多伦多，当时对北岸边高耸的电视塔印象十分深刻，但还未曾踏上过加拿大的土地。

我们取道香港飞赴多伦多。从深圳皇岗口岸可坐车直达大屿山香港机场，路经青马大桥，美丽的维多利亚港尽收眼底。蓝天白云下，一艘艘货柜巨轮驶向海外，点点游艇在平静如镜的海面上荡漾。由于历史的原因，香港与加拿大有着紧密的联系，每天飞往加拿大各城市的航班十分密集。有人说香港拥挤不堪，其实只是看到繁华的铜锣湾、尖沙咀等商业街的一面，如从空中和海上看，一波波清澈的海浪与海岸、海岛相拥，激起一道道白色的浪花，真是美不胜收。东方之珠的崛起来之不易，而它在当今竞争更激烈的全球化的浪潮中仍保持繁荣稳定也更加不易。我们乘坐的是国泰航空公司的班机。国泰航空公司的服务水平很高，服务态度、服务质量堪称一流，尤其是菜式饭点有粤港特色，三餐都不会重复，在飞机餐中算是美味了。

在飞越16000多千米、颠簸15个小时后，我们抵达了多伦多机场，出了机场已是当地时间晚上9点。当天适逢周末，进出市中心的车流相当繁忙。进城道路两旁，一幢幢港式公寓大楼拔地而起，仿如从深圳进入香港沙田一带，司机介绍说这些高楼是华人首富李嘉诚公子李泽钜的公司所建。在香港回归前，部分港人对邓小平提出的"一国两制""港人治港"的高度自治有怀疑，纷纷移民海外，加拿大是接纳香港移民最多的国家，而华人又喜好购置房地产，从而为港式房地产业的兴起提供了机遇。随着香港回归后，香

作为一个典型的移民国家和多民族社会，
加拿大一直保持着国家形态的完整和国内各族裔对于自己民族文化认同的统一。

港稳定繁荣发展，自由行的开通、CEPA（《内地与香港关于建立更紧密经贸关系的安排》）的实施使港人生意大增，不少移民看到香港商机无限，不仅比加拿大好赚钱，生活上又比加拿大有情有味，于是纷纷回流，港式房地产业也就逐渐式微了。

多伦多是加拿大最大的城市，是国际金融中心之一，许多世界级金融财团都设总部于此，市中心的摩天大楼比比皆是，虽然比不上纽约的庞大的摩天大楼群，但也气势非凡。与开放的美国人相比，加拿大人属于保守派，当年独立战争时离开美国到加拿大的大多是保皇派，所以这里的忠实臣民至今还以英国女王为元首，总督是女王代表。正由于行事比较保守谨慎，加拿大躲过了数次金融危机，2008年发端于美国的国际金融风暴对其影响不大。

位于多伦多市中心的加拿大皇家安大略博物馆（Royal Ontario Museum）是北美洲第五大博物馆，于1912年4月16日由安大略省政府创立。它是加拿大最大同时拥有最多收藏品的博物馆，馆藏文物包括有自然科学、动物的生态、艺术及人类学等多个方面。全馆共五层楼。博物馆主楼第一层近二分之一的面积陈列了大量来自中国的艺术品及古董，堪称中国本土以外收藏中国艺术品最丰富的博物馆。该博物馆坐落在多伦多安大略湖边。阳光下的安大略湖，如大海般广阔无垠，澄静湛蓝，湖中不时有万吨邮轮驶过，湖边点缀着多彩的枫树林。正当深秋初冬，加拿大的枫树展现出华丽的盛装，淡黄的、金黄的、浅红的、火红的枫叶争妍斗艳，与蓝色的湖水构成一幅令人心醉的巨幅油画。美丽的枫树是加拿大的国树，枫叶是加拿大国旗的标识，加拿大也叫枫叶之国。

沿着湖岸我们走进多伦多大学，领略这所世界名校的风采。多伦多大学始建于1827年，是加拿大的一所顶尖学府，也是享有世界盛誉的公立研究性大学。在学术及研究方面，其经费、捐款、国家教授奖项、研究出版规模和藏书量皆为加拿大之首。其图书馆藏书量排名北美第三（仅次于哈佛大学和耶鲁大学）。

多伦多大学每年发表的科研论文数量在北美仅次于哈佛大学，科研论文被引用数量位居世界前五。主要学术贡献有：干细胞及胰岛素的发现，电子起搏器、多点触摸技术、电子显微镜、抗荷服的发明和发展，NP完全理论，以及发现首个经核证的黑洞等。作为北美地区少数尚存的书院联邦制大学（类似于牛津大学）之一，除常规架构外，多伦多大学目前下属有12所本科书院，各有不同的历史和特点，享有较大程度的独立财务和管理权。在市中心的主校园外，多伦多大学还有多伦多大学世嘉堡校区（简称UTSC，始建于1964年，位于多伦多郊区）与多伦多大学密西沙校区（简称UTM，始建于1967年，位于离多伦多市中心大约33千米的密西沙加市）两个卫

在多伦多

多伦多大学

星校园。

多伦多市是加拿大华侨华人最多的地区，多伦多有500多万人口，其中华侨华人有80多万人，他们为多伦多乃至加拿大的发展做出了贡献。最早的华侨华人大多数来自广东江门五邑地区，台山籍、开平籍的华侨居多，他们最初因修建太平洋铁路而定居加拿大，大多从西部海岸迁移到多伦多、蒙特利尔等地，多数从事低级服务业，政治上没有什么地位。这种状况一直到20世纪70年代取消歧视华人的"人头税"政策后，特别是随着中国实行改革开放后才有较大改变。1885年，加拿大政府颁布了歧视性的《华人入境条例》，其用意是阻挠低层华人在加拿大太平洋铁路(Canadian Pacific Railway)完工后继续向加拿大移民，但加拿大仍欢迎负担得起人头税的华人富商移民。根据这项仅针对华人的法令，每个移民到加拿大的华人都要额外缴纳50加元的"人头税"，华人成为唯一需要支付税金才能进入加拿大的人群。不久后，加拿大政府又先后两次提高"人头税"的数额，到1904年竟增至500加元，而这笔钱相当于华工两年的工资，当时足以在大城市蒙特利尔购置两套房子。据统计，1886—1923年，有8万多华人被迫交纳了歧视性的"人头税"，加拿大政府从中获利达2300万加元，相当于建设整个太平洋铁路的费用。该税到1923年被更严厉的"排华法"（《中国移民法案》）所取代。2006年6月22日，加拿大政府为一百多年前向华裔移民征收"人头税"正式向受害人道歉。

加拿大现在实行多元文化政策，随着中国综合国力的日益强盛，华侨华人在加拿大的地位越来越高。在多伦多的第二代华人不再传统地子承父业开餐馆，而是跻身于科技教育界，还有的进入政界，成为议员，很多华人积极参政议政，多伦多市就有10位华人参议员。我们与多伦多华侨华人代表座谈，中国驻多伦多领事馆总领事出席座谈会，议员也来了几位，正逢地方选举，选情紧张，这些议员仍然参加座谈会，共叙乡情。这次座谈会由吴文光先生安排并主持，他是广东省政协特聘委员、多伦多花都同乡会会长，具有广东人务实包容的特质，处事低调而又热情好客，与我们一见如故，他来这里创业发展已有20多年，在当地侨界中颇有名气。

作为一个典型的移民国家和多民族社会，加拿大一直保持着国家形态的完整和国内各族裔对于自己民族文化认同的统一。历史的原因造就了加拿大民族的多元化，这种多元化也带来了丰富多样的文化。各具特色的民族、种族文化和睦相处成了加拿大区别于其他移民国家最显著的标志。政府官员中不少是移民，如接待我们的艾塔省副议长是来自牙买加的黑人，他风趣幽默，在宴会上不断向我们推荐艾塔产出的牛肉。漫步多伦多街头或乘地铁和公交车，经常会看到身披长袍的阿拉伯人、头裹长巾的印度人及斯里兰卡人。

加拿大国土面积为990多万平方千米，仅次于俄罗斯。而人口前些年才达到3000万人，地大物博却人口稀少，其中44％是英国移民后裔，28.7％是法国移民后裔，印地安人和因纽特人约占2.5％，其余为来自世界各国及不同地区的黄种人、白种人和黑人。英语和法语都为官方语言，担任国家公务员的人必须通晓英法两种语言。在英语地区，以英语为主，商场、娱乐场所的广告牌以及机关、学校的墙上标语都是英语标识，也有在英语下面再写上法语的，也有不写法语的；在法语为主的魁北克省则完全相反。由于华人移民日益增多，汉语在加拿大可能成为继英语、法语之后的第三种官方语言。

加拿大的文化多元突出地体现在宗教多元上，各地教堂林立，建筑风格各异，有基督教的，有天主教的，此外还有伊斯兰教清真寺以及华人信奉的佛教寺庙等。各教教友崇德向善，和平共处，平等交往。宗教信仰是文化的核心，宗教和谐是文化和谐的基础，加拿大的宗教多元政策为文化多元发展、互鉴共荣提供了前提条件。由此可见，消除或减少文明的冲突，迫切需要倡导开放多元的宗教信仰观，唯我独尊的宗教信仰实质上是一种文化专制主义。

结束阿尔伯塔的友好协议签订仪式后，我们来到了温哥华。温哥华已连续多年被评为全球最宜居城市之一，当多伦多和阿尔伯塔已下雪，晚上达到零下低温时，温哥华的气温仍是12~24摄氏度，温暖如春。温哥华是北美地区华人占当地人口相对最高的城市，大温哥华地区的200多万人口中有50万华人华侨，所以机场的指示牌用的是英文、法文和中文三种语言。温哥华一年中有6个月下雨，我们到的那一天也是雨天，丝丝小雨时下时停，有一种置身于广州的错觉。朋友带我们冒着温情小雨到国家公园散步，这个国

参观阿尔伯塔议会

家公园是纽约中央公园的3倍，处处可见大片绿茵草地，满目枫叶一片金黄、火红。烟雨中大群水鸭在湖上闲游，有些还爬上岸来觅食。温哥华人酷爱运动，雨天里仍有不少市民沿着湖边和林间小道跑步，湖里游艇成片，停泊着10万吨级的邮轮。

  拍了不少枫树照片后，我们来到一个渔人码头。有一位日本侨民在卖海鲜，最多的是鲑鱼，5加元一斤，还有海虾、海胆等，既新鲜又便宜。渔人码头周边街道遍布卖日常生活品的商店，但路上行人不多，略显冷清。从湖边看城市中心，只见高楼大厦林立，钢管加玻璃的时尚建筑比比皆是，随着大量华侨华人的到来，当地房地产业持续繁荣，价格不断攀升。以至有人戏称温哥华为"hong哥华"，认为这种香港模式破坏了当地的生态特色，不经意走进城市发展的陷阱。过去我们把香港看作现代化典范，高楼林立是现代化的标志。殊不知香港寸土寸金，其土地状况决定了它的发展模式，但这种模式不能泛化，如果"hong哥华"模式随着华人走向全球化，那就是人类诗意生存方式的萎缩，一位西方先哲——斯宾格勒关于"西方的没落""城市时代标志着文明的死亡"等预言恐怕将成为现实。

写于2011年10月

温哥华的渔人码头

古巴：加勒比海的一颗明珠

2014年10月12日下午，我们从多伦多飞抵古巴首都哈瓦那。由于美国封锁，进入古巴的航线航班很少，加拿大只有多伦多有赴古巴航线，好像每周仅2至3个航班。我们的航班在傍晚6点起飞，9点30分到达哈瓦那何塞·马蒂国际机场。遭到美国和其他西方国家制裁封锁50多年，古巴经济相对落后，连哈瓦那机场的设施、硬件也都很陈旧，管理上更加跟不上。出于对西方渗透的高度警惕，古巴海关检查很严，即使对我们这些来自社会主义国家的中国兄弟也不例外，对我们的护照看了又看才"pass"，至于机场配套服务效率更不敢恭维，光取行李就花了一小时，兑换货币又花了一小时（只能在机场和宾馆兑换，其他地方没有），进城入住宾馆已是夜里12点。

我们入住的古巴国家酒店（Hotel National Cuba）有100多

夜幕下的瓦哈那

> 相比总是脚步匆匆的广州人和香港人，
> 古巴人似乎对自己的生活颇为满足，
> 有一种明显的幸福感。

年历史，宾馆大堂过道两边挂着菲尔·卡斯特罗或菲尔·劳尔会见中国领导人的照片，也挂着切·格瓦拉的照片。宾馆安排我们住在第八层，可能他们听说中国人喜欢"8"。

当入住房间，打开窗帘，一幅无边的加勒比海夜景呈现在眼前，弧形的海岸线灯光闪烁，海堤上一对对年轻人依偎着谈情说爱，海风轻拂，水波不兴，令人陶醉。是夜睡得安稳舒适，清晨醒来时是6点左右，晨曦打在窗帘上，我迫不及待地眺望哈瓦那海湾，太阳刚从海里露出一角，火红的朝霞映照着一望无际的海面，海面波光粼粼，平静而空旷，几乎看不到什么船只，与货柜船穿梭往返繁忙的香港海湾形成鲜明对比。在靠近我们宾馆的海边，一些老人在钓鱼，一些年轻人在晨跑，一些游人在观海，一派悠闲风光。

因为肠胃不好的缘故，我出差一般早起进早餐。宾馆餐厅就在8楼，朝向大海，餐厅摆设整洁典雅，餐桌上铺着雪白的桌布。早餐供应丰富，面包是充足的，肉、奶、蛋制品及点心、水果品种不少，随便吃，完全超乎我原来的想象。也可能是古巴开展了革新，物质供应开始好转。

古巴位于加勒比海西北部墨西哥湾入口，由古巴岛、青年岛等1600多个岛屿组成，是西印度群岛中最大的岛国，陆地面积109 884平方千米，人口1124多万，与北欧的小国相比，古巴算得上一个中型国家了。1492年哥伦布船队发现古巴岛，1510年西班牙远征军征服古巴，开始300多年的殖民统治。哈瓦那成为西班牙在美洲的主要枢纽，曾经是西半球最大港口，有"加勒比海明珠"的美誉。

晚上回宾馆后，我们到海边散步，抓住难得的机会领略古巴风貌。我们下榻的宾馆面对辽阔的佛罗里达湾，穿过马路就是宽阔的海堤，马路笔直平坦，路上穿行的车辆多是苏联时代的产物。堤边漫步，海风习习，涛声阵阵。没有小贩的叫卖和广场舞的喧嚣，城市与海温情相拥。堤坝上，许多年轻人互相依偎，窃窃私语，一群群好友或家人到海边纳凉，散步聊天。有一群帅哥和女郎围着吉他手唱古巴民歌，吉他手熟练地弹拨着和弦，面上流露出西班牙风情的浪漫、自信和惬意，我们围着观赏吉他手演奏，聆听优美的古巴情歌，看起来他们很享受这种简单而浪漫的生活，可能会一直唱到半夜。海面上忽然有一团云飘过来，下起了淅淅的小雨，我们心有不甘地返回宾馆。穿过宾馆咖啡厅，看到一位黑人拥着金发美女在翩翩起舞，舞步动感轻快，娴熟优雅，尽显南美探戈的神韵。相比总是脚步匆匆的广州人和香港人，古巴人似乎对自己的生活颇为满足，有一种明显的幸福感。

哈瓦那的海边

这时我仿佛听到远处传来《美丽的哈瓦那》歌声：

美丽的哈瓦那

那里有我的家

明媚的阳光

照新屋

门前开红花

美丽的哈瓦那

如今有新变化

清新的空气

灿烂的阳光

让人心旷神往

现代的哈瓦那

美洲的阿米达

中国的朋友

中国的兄弟

两个都是我的家

美丽的哈瓦那

那里有我的家

明媚的阳光

照新屋

门前开红花

……

写于2014年10月

哈瓦那老城

瓦哈那老城的街道

哈瓦那市区分为新城和老城两部分。老城是在西班牙人殖民统治时期建设和发展起来的地区，位于哈瓦那湾西侧的一个半岛上，是哈瓦那城15个区之一，是总统府所在地，至今保留着许多西班牙式的古老建筑，是建筑艺术的宝库，1982年被联合国教科文组织评为"世界文化遗产"，大部分华侨也集居于此。

哈瓦那老城是典型的西班牙风格的城市，石块铺设的狭窄街道整齐绵长，街道两旁都是两三层楼高的建筑，许多建筑顶端都有古罗马风格的浮雕或装饰，虽然历经沧桑，当年鼎盛时期万商云集之繁华景象仍然依稀可见。老城原来是富人商住之地，古巴革命后有钱人包括许多华侨都跑了，店铺被没收分给了穷人居住，政府又没有钱投入维修，因而许多街道坑坑洼洼，墙面成了孩子们涂鸦创作的大画布。但是客观上说，也正是得益于缺钱，哈瓦那老城虽然破旧，仍然基本完整，没有出现类似我国不少城市发生的大拆大建现象，以旧城改造之名行房地产开发之实，带来文化破坏之后果。我们开玩笑说，古巴人民以牺牲GDP为代价保护了哈瓦那老城。

在接近海边的街道，有几家新开张的个体商店，经营古巴产的小特产和文化品（不包括雪茄，古巴雪茄闻名于世，属于政府专营品），虽品种单调但颇有特色，几位年轻人戴着牛仔帽在店门口弹吉他，边弹边唱，招徕顾客，对外国客人来说颇具吸引力。他们类似于我国改革开放初期广州街头叫卖烧鹅的小档主，是敢于享受菲哈瓦那老城虽然破旧，仍然基本完整，没有出现类似我国不少城市发生的大拆大建现象，以旧城改造之名行房地产开发之实，带来文化破坏之后果。我们开玩笑说，古巴人民以牺牲GDP为代价保护了哈瓦那老城。

哈瓦那大学

尔·劳尔革新政策"头啖汤"的弄潮儿。

老城靠海处有一座气势不凡的炮台，大炮耸立，浪花飞溅，对着佛罗里达湾。据说当年西班牙人把在中南美洲掠夺的金银珠宝和财富都集中到古巴，装上大船运回国内，因而引来了大批海盗，加勒比海盗就是靠抢劫进出哈瓦那的商船而壮大起来的。

古巴允许人民信仰天主教。1494年天主教多明戈会传入古巴，1518年天主教在阿拉科亚建立主教区，统管古巴；1728年天主教创立哈瓦那大学。1913年起，古巴全国分成三大总教区和八个教区。1998年1月罗马教皇保罗二世访问古巴。目前古巴有500多座天主教教堂，其中最著名的是哈瓦那大教堂。我们看到天主教的建筑和耶稣像到处都有。在港口炮台耸立着几十米高的耶稣像。

看完老城，我们去参观哈瓦那大学。哈瓦那大学有100多年历史，坐落在开阔的山岗上，有17 000多名学生（另有6000多名来自世界各地），300多名教学管理人员。大门由4根高大石柱支撑，顶上有蓝眼睛的猫头鹰，意指只有蓝眼白人才能进这所大学。大学正门前摆着美国人送的美丽的女生像，在大学广场摆着艾森豪威尔赠送的坦克，我们问为什么保留古巴革命前的东西？他们说，因为这是历史和文化。在城市街心花园，林肯等几位美国总统的像都保存着。看来古巴人对历史和文化是相当尊重的。

下午参观古巴国家图书馆并进行了座谈。女馆长介绍了图书馆情况。国家图书馆有600万册藏书，无论国内外读者都可以在馆内查阅，但不能带走借读。图书馆几位部门领导都是女性，看来古巴男女平等、尊重女性体现在各方面。我们向图书馆赠送了介绍广东文化的书籍和翻译成西班牙语的中国小说。其中有我和林有能主编的"岭南风物"，有杨兴锋主任主编的广东历史文化名人丛书。楼下大厅在接待一个大型访问团，一位大提琴家正在精彩演奏，气氛热烈。

晚上到了老城唐人街的天坛餐馆，与中华总会馆伍主席和洪门民治党（又叫古巴致公党）周书记共进晚餐。伍主席是来自台山的第二代华裔，周书记是来自斗门的第二代华裔。伍主席只能讲带浓重台山口音的粤语，周书记的广东话较好，会讲一点普通话。古巴有华人血统的华裔号称有一百万人，基本上是广东人，首批是19世纪30年代来到这里的台山人，现在华裔中能讲广东话（基本上讲不了普通话）的只有100多人。他们对祖国、对广东家乡有深厚感情，虽然已到古稀之年，仍积极参与中古合作交流，为缺少懂得祖国语言和文化的华人后代而焦急，为古巴发展缓慢、革新政策是否稳定而担心。我们特地要了当地名酒朗姆酒，点了一条大石斑鱼，并挑出鱼头鱼尾敬他们，表达对这些不远万里到古巴拓荒发展，为中古友谊做出贡献的老侨领的尊重。饭后我们还把美妙的乡音——广东音乐CD作为纪念品送给他们，两位老侨领非常开心，临别时依依不舍。乡亲会面几时有，但愿别后人长久。

不少华人为古巴的独立解放、武装革命而流血牺牲。18世纪下半叶，古巴有14.1万名华工，占当时古巴人口的十分之一。在推翻西班牙殖民统治的两次独立战争期间，成千上万的华人头顶辫子投身革命洪流，当时有好几支部队全由华人组成，而广东人占其中的大部分，这些华军很能打，不怕死。古巴独立战争英雄甘札洛·狄格沙达（Gonzalo de Quesada）将军曾留下千古名言，镌刻在古巴首都哈瓦那的一座公园中："在古巴独立战争中，没有一个华人是叛徒，也没有一个华人当逃兵。"到20世纪50年代，卡斯特罗和他的胞弟劳尔以及切·格瓦拉开展武装斗争，也有不少华人追随参加，其中包括猪湾之役。卡斯特罗曾当面问华裔部下摩西斯·黄：到底有多少华人参加过古巴独立战争和革命战争？摩西斯·黄说，确切数目也许永远无法得知，因为许多参战华人已改用西班牙姓名，但保守估计至少有一万多华人参加了19世纪的独立战争，参与革命战争的可能有数百人。美丽的加勒比海留下了中国义士血染的风采。

写于2014年10月

走向革新的古巴

在古巴革命纪念广场

"要古巴,不要美国佬"是我们这一代人对古巴革命挥之不去的记忆。列宁把帝国主义时代定义为战争与革命的时代。20世纪50、60年代是继十月革命后又一个世界革命高潮的时代,反封建统治、反资本压迫、反殖民侵略的斗争相互交织、相互作用,深刻改变了全球格局。这是一个风起云涌的年代,一个翻天覆地的年代,在这个年代横空出世的古巴,赢得了苏联、中国及整个社会主义阵营的支持,成为反对美国及西方世界的桥头堡,此后又一直充当着南美的革命摇篮。在哈瓦那的革命纪念广场,最吸引人们目光的是菲德尔·卡斯特罗和切·格瓦拉的巨幅浮雕,作为古巴革命的标志,这两位职业革命家的肖像和纪念品无处不在。大幅的卡斯特罗语录竖立在城市街道,这位把一生献给古巴革命和世界革命的古巴前领导人虽然已退居"二线",但始终心系古巴发展,以他的革命思想不断激励人民的斗志和热情。

按照马克思主义理论,社会主义革命必须要用暴力打碎旧世界,建立新世界,因而要充分激发人民的革命热情进行狂飙式的社会改造和建设。古巴革命在南美算得上是比较标准的社会主义革命,用暴力取得政权后推行一系列的国有化改造,实行高度集中的政治领导和经济管理,国民享有分配住房、免费教育、免费医疗等令人羡慕的各种权利。然而冷战随苏联解体结束后,两大阵营剑拔弩张的对峙状况不复存在,古巴作为反美桥头堡的地位作用一落千丈,得到的经济援助不断减少。最要命的是美国对古巴长期实行禁运政策,使其经济社会发展近二十多年来严重滞后,人民生活清贫，社会活力缺乏，企业普遍亏损，与世界方兴未艾的新科技革命渐行渐远。如通信业，5年前甚至还没有手机，现在有了，在自由市场能买到，但通信费要用可兑换比索支出，十分昂贵，而且经常没有信号，当地手机甚至不能2G上网。由于使用费用昂贵，人们为了节约，有时在需要联系时就响一下，表示到了，或者发个信息。互联网更是严重滞后，普通家庭没有网络宽带接入，在哈瓦那仅有几家星级宾馆，包括我们住的宾馆才可上网，上网费也相当昂贵，每小时要付45元人民币。

急风暴雨式的社会革命需要昂扬的革命激情，但经济建设要按客观规律办事，沿用革命时期的模式搞经济从来没有成功的，古巴的实践也证明此路走不下去。怎样在革命与建设的二律背反中实现经济发展？我们带着问题拜会了中国驻古巴大使张拓。张拓是大连人，虽年近六旬，仍高大挺拔、仪表堂堂。他曾于1977年至1979年在墨西哥的墨西哥学院进修，精通西班牙语，曾任我国驻阿根廷等国大使，在古巴任大使多年，沉稳而健谈，不愧为资深职业外交官。张大使夫妇到过深圳，陪古巴有关负责人考察特区建设，对广东客人十分热情。他详细介绍了古巴的开放和改革的进展情况。他认为古巴的对外开放是被倒逼的，长期以来经济增长缓慢，国企效率低下，农业产品满足不了需要，许多生活用品都要进口，按原来医疗、教育免费的福利社会运转到今天，已很难维持下去。受中国启发，古巴2011年以来搞了一个特区，派人到深圳等地学习。但目前还没出台特区建设法规，外资还在观望。由于美国的制裁，许多国家不敢贸然进来。古巴气候条件与巴西相

在古巴生态区

似，土地肥沃，十分适宜热带植物的生长，怎么会搞到供应短缺呢？看来根本的还是体制改革滞后、发展动力不足的问题。

我年轻时在生产建设兵团当过知青，所在的八师六团以种植橡胶为主业。我觉得古巴的气候条件比我们那里更好，十分适合种橡胶，于是询问能否在古巴开垦橡胶园。张大使说，橡胶原来是古巴和南美特产，橡胶种植业十分发达，产量世界第一，后来英国人偷了橡胶苗到马来西亚成功移植，并进行规模化生产，反过来打败了古巴和整个南美。古巴虽然农产品匮乏，但海产品丰富，中国人视为珍品的海参、龙虾等当地人不吃，很便宜，古巴就把这些海产品列为创汇产业，由国家统一收购，不允许在市场上自由买卖。

为了从感性上了解古巴建设现状，我们到访古巴的第二天上午，考察了一个东部的生态区。到生态区路途较远，要乘车一个多小时。由古巴安排的陪同人员给我们介绍古巴正在开展经济模式革新的情况。可能是重视中国客人，外事部门安排的这位女同志还是老共产党员，她在回答我们提出的问题的过程中，爱党爱国之情溢于言表。她说这几年古巴走上了革新之路，允许个体户做买卖，允许行政事业单位人员兼职，人们收入有所增加。虽然收入不高，多数人月收入20～30美元，但由于医疗、教育（包括大学）都免费，人们幸福指数较高，社会比较稳定。房子是分配的，几代同堂常见。过去不允许房产买卖，现在允许，一万可兑换比索可买一套。可兑换比索类似于我国改革开放初期的兑换券。目前古巴流通两种货币，一种是可兑换比索，简称CUC，如用美元换，需交纳10%的手续费，一种是比索（Peso Cubans），主要由当地人使用。凡涉外饭店、大型商场、超市、机场等只收取可兑换比索，古巴比索仅限在农贸市场等使用，所以当地人要坐飞机到外国旅游简直是天方夜谭。外国人只能用可兑换比索，买东西也不便宜，因为古巴日常生活品大部分靠进口，有些东西用钱也买不到，如房子，当地人用一万可兑换比索可买一套，但禁止外国人买。

通往生态区的路是沙土路，路两边是开阔的原野，天高云淡，满目青翠，炽热的阳光洒在大片的甘蔗林、棕榈树和热带丛林上，成群的苍鹰在蓝天下盘旋着，张开巨大的翅膀，以舍我其谁的气度傲视大地，时而俯冲而下，时而扶摇直上，那种充满自信的气定神闲使我想到为理想信仰奋斗的革命者，他们为人民自由、人类解放而战斗，尽管有这样那样的不足，犯过这样那样的错误，但无损他们雄鹰般的精神形象。他们的历史贡献也许在将来要接受再评价，但他们创造性的思想成果和实践探索在历史的天空永远占有一席之地。列宁在评价理论家、革命家卢森堡时说过，"鹰有时飞得比鸡还低，但鸡永远飞不了鹰那么高"。卡斯特罗兄弟、切·格瓦拉就是高高飞翔在古巴历史天空中的人民英雄。

拜访古中友好协会是这次出访古巴的"重头戏"。古巴对外友协副主席阿丽西亚·科雷德拉·莫拉雷斯曾留学越南中央大学越南语系，有国际关系研究、亚太研究、对外贸易研究等专业研究生学习经历，曾任古巴与越南、老挝、柬埔寨、中国等友协执行秘书，多次获得本国和外国荣誉称号及授勋，现在是古巴友协分管非洲、中东和亚太事务的副主席。她有丰富的外交经验，与中国及中国广东的中古友好协会领导，如李小林（李先念之女）等有私人友谊。阿丽西亚个子高挑，形象端庄，穿着绿色的连衣裙，尽显西班牙血统的浪漫热情。广东公共外交协会与古巴友协签订了建立友好合作关系的备忘录。

在古中友好协会，我们还与古巴两位经济学家座谈。他们都到过深圳考察，对中国深圳特区发展成就念念不忘，对广东印象深刻。他们介绍了古巴经济革新的思路和举措，强调这种革新是社会主义的自我完善，当前要解决的难题是两种比索并存的问题，他们认为中国在改革开放过程中逐步解决货币和价格上的"双轨制"的办法和经验值得借鉴。我觉得古巴学者是渴望开放革新的，但仍比较拘谨，难以深入探讨问题。同时我觉得他们也是比较理性的，分析现状和问题是就事论事，没有过多地去控诉、抨击美国的封锁和打压，显示古巴人正在客观反思自身的发展道路和发展方向。

古巴走上了改革开放道路，在这条道路上他们显然慢了一点，然而却是在稳步前进。我们常说，不改革不发展是死路一条，不改革必然是死水一潭，不发展将导致长期贫困落后，然而发展起来后又会引发贫富失衡，经济文化失衡，产生阶层落差和价值分化。尤其是原来封闭的体系一旦开放，各种文化思潮袭来，容易导致系统失序。因而如何处理好改革、开放、发展与稳定之间的关系，是当代发展中国家和民族的普遍问题。

写于2014年10月

可能由于是人人都是上帝子民的宗教理念使然，
南美人平等意识较强，
并融进社会生活当中，
所以平民文化、快乐文化大行其道。

南美探秘

2014年1月中旬，在连续参加广东省委全会、"理论粤军"重大课题评审会、省社科联换届大会、"两会"等一连串重要会议后，赴南美学术交流终于成行。这是我在社科界任职期间的最后一次对外学术交流，访问团由省社科院和省社科联的专家学者组成，我当团长。

这次组团可谓好事多磨，因工作等原因多次改期，我甚至一度想放弃，后来在省社科院外事办公室同志的努力下，终于办成。我在社科院任职时一直主管外事工作，机构改革时有数次要撤销外事办，我都顶住了，理由是作为一个开放大省的社科院，保留专门的外事机构有益无害。事实证明，对外学术交流的稳定发展离不开专责外事机构的存在和有为。

南美对许多中国人来说，还是一个披着神秘面纱的遥远地方。它作为新大陆被发现使世界为之震撼，从而开启了地理大发现乃至全球化的新时代。随着亚非拉反殖民主义运动风起云涌，以革命为己任的切·格瓦拉、卡斯特罗和查韦斯等左派领导人相继出场，马尔克斯掀起的魔幻现实主义文学浪潮的泛起，娱乐大众的足球、桑巴、探戈等时尚文化的迅速传播，"拉美陷阱"等经济社会问题的不断发酵，等等，我们逐渐得到一鳞半爪的南美印象。但由于相隔太远、语言隔阂以及发展同构性等原因，社会科学方面交流不多，实质性的合作更是稀少，因而我们全团对这次姗姗来迟的首访相当重视，围绕南美文化产业这个交流主题做了专门的研究和分工，对文化习俗和社会安全等问题也做了较多了解。

我们访问的首站是巴西的里约热内卢，乘坐法航波音747从广州起飞，经上海到巴黎，又从巴黎到里约，全程3万千米，差不多绕了地球一圈。从中国飞到南美有中转美国、南非、卡塔尔、法国等多种选择，听说从欧洲转机较顺，巴黎又是欧洲往南美的最大空港，于是我们选择了法航。三十多个小时困在客机经济舱窄小的空间里实在难受，好在法航飞机上电影节目丰富，除了法语、英语、葡萄牙语、西班牙语的电影外，国语、粤语也有，以武打片、警匪片、言情片居多，让乘客可以各取所需。

对睡眠不好的我来说，飞机上的漫漫长夜实在难熬，肚子饿了，想到尾舱找杯面吃，我记得法航的杯面味道不错，让乘客随便拿，开水一泡香味四溢。但是这次很失望，仅有小包的硬饼干或苹果片，听乘务员说已停止供应一段时间了。连以优质服务著称的法航也如此小气，反映出欧债危机的复苏尚需时日。看来在刚开过的广东省委全会上，胡春华书记用"弱复苏"来概括西方经济发展态势，是十分贴切的。

早上，我们的航机在横跨欧亚大陆，穿越大西洋和北美、中美大地后终于进入里约的上空。从飞机窗口看出去，一轮红日在涌动的灰色云海中喷薄欲出，给辽阔的远山和大海涂上了金光闪闪的油彩，天际间呈现出一道极其美丽的风景线。"日出江花红胜火"，钟所长脱口而出，文学家轻轻的一句诗顿使我们的所有溢美之词成为多余。过去我们总认为中国的太阳是最红的，到了南美才感到这种说法有片面性。

我们住的酒店正对里约大海滩，一推开窗口，宽阔美丽的海湾一览无遗，美不胜收。阵阵海浪声，催人入眠，经过长途颠簸后洗了个澡，离吃饭还有半小时，我躺下稍息，不料竟睡死过去，被电话叫醒后好几分钟想不起身在何处，定神一想，自己已来到几万千米外的南美洲了。

这次出访，外事部门按规

在巴西伊瓜苏图书馆做学术交流

定批了8天，除了路上来回3天，实际上只停留5天，在短短的5天时间里，我们与巴西、智利的有关文化部门进行了交流，建立了合作关系。巴西是南美地域最大的国家，智利是南美跨度最长的国家，分别代表了葡萄牙语系和西班牙语系文化。对这两个国家短短的几天访问中，我们初步领略了南美文化的基本特点。

宗教文化在南美影响深远。来到里约，我们看到的首先是科科瓦多山上的救世基督像。此前，举世闻名的救世基督像我们只在成龙主演的电影中看过，而当下它竟难以置信地出现在我们的视野中。到达里约的第二天上午，我们坐车穿过茂密的热带雨林，到达科科瓦多山半山平台，改乘电梯登上山顶。巨大的基督雕像建在科科瓦多山的顶端，无论白天还是夜晚，从市内的大部分地区都能看到，成为里约热内卢最著名的城市标志。雕像中的耶稣基督面向着碧波荡漾的大西洋，张开着的双臂就像一个巨大的十字架，展示了普世的博爱、关怀和无言的庄重、威严。耶稣基督的身影与群山融为一体，不时飘浮在山峰之间的云雾，使救世基督像若隐若现，显得更加神圣伟岸。

与兰卡瓜市文化部门座谈

这座纪念雕像矗立在里约海边已有80多年。在科科瓦多山上建造一座雕像的想法始于1850年代中期，那时一个天主教神父佩德罗·玛丽亚·博斯请求巴西帝国的伊莎贝尔公主筹措资金建造一座大型的宗教纪念物，而由于各种原因，到半个多世纪后，这个构思才得以实施。这件伟大的作品由法国纪念碑雕刻家保罗·兰多斯基设计，他于1926年到1931年间先在法国制造各大部件，然后运到巴西组装，这和美国纽约建自由女神像的做法差不多。巨像整体采用水泥材质，里面装有电梯，历时四年建成。1931年10月12日在科科瓦多山上举行了盛大的落成典礼，巴西总统瓦加斯为雕像剪彩，这一天恰是巴西主保阿帕雷西达圣母的纪念日——圣母显灵日（又称守护神节）。2006年10月12日，在雕像落成75周年庆典上，里约热内卢的总主教欧瑟比欧·奥斯卡·舍伊德枢机在雕像下为圣母显灵日做弥撒，并宣布这座基督像被列为朝圣圣地。

从圣像向下看，里约全城一览无遗。东边是茫茫的大西洋，北、西、南三面山峦环绕，群山覆盖着热带雨林。导游把已完工的2014世界杯主场馆指给我们看，它由巴西著名的大球场改建而成，紧贴大海，白色的圆顶与白色沙滩相互辉映。据说将有7000多万游客为世界杯而来，这将是较奥运会更狂热的全球狂欢

在科巴卡巴纳海滩

节。为了充分利用世界杯振兴经济，提高国家影响力，巴西政府高度重视，为大球场改建等工程投入巨资，但想不到民众不买账，认为这些工程投入有部分没必要，会引起贪污腐败，他们不反对世界杯，但反对腐败。发起了二十多年来规模最大的游行示威，穷人富人甚至公务员都参加到游行队伍中。经济发展起来了，又争取到世界顶级赛事的举办权，本应是劳苦功高，没想到却引起民众的强烈不满，这是罗塞夫政府始料不及的。

南美总体上贫富差距很大，巴西等国家深受"中等收入陷阱"之苦，两极分化带来了政治动荡、发展滞缓、治安混乱等问题。里约的贫民窟现象是两极分化下极具代表性的一大景观，贫民窟密密麻麻地建在城市中心的半山上，大有向山顶蔓延之势。这些脏乱差的贫民窟与山下繁华的街区、别致的富人区形成强烈的反差。听说巴西有个法律，谁在山上居住一年内不被赶走，那个地方就是你的。

我们又发现，可能由于是人人都是上帝子民的宗教理念使然，南美人平等意识较强，并融进社会生活当中，所以平民文化、快乐文化大行其道。我们在里约下榻的宾馆正对着举世闻名的科巴卡巴纳海滩，又叫月亮湾，是世界上最大最美的海滩之一，正对南大西洋，海岸线长达4.6千米，海水湛蓝平缓，一波一波地拍打着沙滩，涨潮时不时卷起数丈高的波峰，是冲浪者的至爱。这个海滩最大的优点是沙滩又宽又长，沙子细而白，可容纳几十万人。我们到达那天是周末，又逢夏天，里约人倾城而出，全到沙滩上冲浪泡水晒太阳。很多是一家老少全出动，人们大都穿着拖鞋短衣泳裤，年轻姑娘落落大方地穿着比基尼，身材高高的，屁股翘翘的，尽显青春气息，而更多的是丰乳肥臀的成熟女性，她们往往三三五五并排趴在沙滩上，黑里透红的皮肤油亮闪闪，毫不介意我们拍照，还欢迎我们一起趴下共享阳光。从贫民窟走出来的孩子们成群结队在沙滩上游荡，主动走过来要与我们合照，但稍不小心，他们会不知不觉地偷走你的东西。

　　拉丁民族的快乐本性在海滩上尽情绽放。只见沙滩上人头涌动，熙熙攘攘，摩肩接踵，一望无边。在这里，不分国别，不分肤色，不分贵贱，融成一体，日光浴、冲浪、游泳、踢球、喝酒……这里是人的海洋，是欢笑的海洋，是世界民族汇聚的海洋。所以有人说，在科巴卡巴纳海滩，天天都是狂欢节。为了让大众尽情休闲娱乐，也为了发展旅游业，每逢周末政府把马路靠海滩的一面封闭，不准行车。下午5点多，一队队穿着华丽服装的人群跳着桑巴舞沿着海滩而来，音乐节奏强烈，把狂欢的情绪引爆，人们全被感染了，不管会不会跳舞，都跟着队伍扭动起来。后来听说这是为一年一度的嘉年华狂欢节做彩排预热。入夜，人们聚在沙滩上吃烤肉、喝啤酒、弹吉他、跳桑巴、打排球、唱民歌，谈情说爱。有人说，巴西人平常工作生活节奏很慢，飞机晚点、办事拖拉是正常的，但有三快：一是足球射门快，世界足球顶级前锋不少来自巴西；二是开车快，世界赛车手中不乏巴西人；三是跳桑巴扭动快，有人测得有的顶级女舞者一分钟内臀部抖动达到两三百次之多。

　　南美快乐文化表现在无处不在的大众狂欢。我们到达智利首都圣地亚哥的当天晚上，参加当地的一个狂欢节，以舞蹈、烤肉和啤酒著称，来的多是年轻人，最吸引人的是反映智利文化的艺术表演，艺术家喜欢与观众互动，不时邀请客人上去跳智利"昆卡"。"昆卡"是智利民间舞蹈，号称国舞，舞者男女配对，以挥动手绢为基本动作，时而双手持手绢放置额前向对方致意，时而肩并肩、手挽手旋转，节奏强烈，舞姿翩翩。此时离巴西世界杯不到半年，崇尚足球运动的南美人对这场四年一度在家门口的大赛早已迫不及待，比赛氛围愈益浓烈。席间正逢智利国家队与哥斯达黎加进行友谊赛，智利队上半场1比0领先，球迷们非常兴奋，大厅里不时爆发掌声、笑声、干杯声，南美足球文化充分体现大众狂欢文

在瓦尔帕莱索城塞罗康塞普西翁历史区

化，由此略见一斑。

到智利不能不到瓦尔帕莱索，这座城市的旧城区是世界文化遗产。它濒临大西洋的东南侧，是智利的最大海港，也是南美太平洋沿岸的最大港口，还是智利国民议会、智利文化部和智利海军司令部的所在地。它始建于1536年，是当初西班牙殖民地登陆智利的地方，相距首都圣地亚哥（Santiago）约130千米，是圣地亚哥的海上门户，自西班牙殖民地登陆以来的几百年间形成了沿海岸不断延伸的依山面海、风景秀丽的古老城市。瓦尔帕莱索的海水浴场在南美十分有名，被誉为"南太平洋的珍珠"，是一个看不到边的特大泳场。我们到达时正是中午，市民和旅游度假的人们都涌到这里享受海风、海浪、沙滩和阳光。年轻人钟情于在这里冲浪，此处一般潮高为1.5米，最大潮高为2米，平均潮高适合冲浪爱好者。海边有海兽岛，岛上多是海豹，体形较小，三三两两爬在岩石上晒太阳，估计是受不了南极的严寒当逃兵流窜过来的，经过漫长岁月退化了。最使我们感到惊奇的是海边巨大的沙丘，像一座从撒哈拉沙漠搬来的白塔耸立在蓝天碧海之间，无穷无尽的白沙从地下喷涌出来，与周边红色的山地、蓝色的海空形成鲜明的对比。据说这个沙塔是由历史上的地震形成的，也成了当地一个热门景点。

瓦尔帕莱索老城呈扇形，依山环海而建，设有登山电梯，便于游客游览城市。旧城见证了西班牙的殖民过程和文化，街道密密麻麻，狭窄陈旧，有不少骑楼，墙上有很多涂鸦者的杰作。一些老人在咖啡店里慢悠悠地喝咖啡，看岁月流逝和时代变迁，街头巷尾散发出浓厚的懒散的拉丁味。新城展示了南美大港的现代风貌，街道开阔，商店林立，人群多是西装革履的白领阶层。我们参观了一家类似天河城的百货商店，时尚商品应有尽有，吃喝玩乐兼具，是一家老少休闲购物的好去处。瓦尔帕莱索市历来是中智贸易的枢纽，我们知道智利以产铜著称，中国每年都从智利进口大量精铜和电解铜，成为智利在亚洲的主要贸易伙伴。随着中国建设21世纪"海上丝绸之路"倡议的推进，瓦尔帕莱索市的国际地位作用也将更加突出。

南美的生态文化尤其令人难忘。离里约两小时航程、与阿根廷交界的伊瓜苏，是世界著名的瀑布之城、边贸之城，更是满目葱绿的宜居之城，不少日本人、韩国人、中国台湾人不远万里到这里买地定居，一边做边贸生意赚钱，一边尽情享受开阔壮美的瀑布、近乎原始的绿林、沁人肺腑的空气。这个边贸小城也是民族艺术汇集之城，我们在住地观看了歌舞演出，来自世界各地的艺术家表演了富有民族特色的舞蹈、器乐、唱歌、杂技等，印象最深的是阿根廷探戈和巴西桑巴。阿根廷探戈华丽、优雅，巴西桑巴狂野、热烈，反映了这两个民族爱情观的差异。哲学家说，艺术的起源是劳动；生物学家说，艺术的起源是性爱，是异性之间求偶的冲动或同性之间的竞争使然。从拉丁民族性观念比较开放、热烈（加西亚·马尔克斯的名著《百年孤独》中有大量赤裸裸的描写）的特点看，后

在瀑布之城伊瓜苏

者的观点可能更符合人类进化历史。南美人的生态观还体现在城市建设上。圣地亚哥在城市主要马路中间建绿道，让自行车运动者和慢行者畅行无阻。巴西人酷爱运动，在城市里建了不少运动场所，人们利用中午享受阳光和绿地，顶着大太阳玩足球，跑步健身，相比之下我们都不好意思打伞戴帽了。

　　蓝色是南美的主调色，无论是登上里约的面包山，还是漫步瓦尔帕莱索海岸，最吸引镜头的是蓝天大海。大海是蓝的，天空是蓝的，蓝得使人心醉。团友小娟对大自然的色彩特别敏感，一路上为蓝天白云陶醉，甚至于痴迷，不断拍照，不断赞美，不断拿珠三角天空与南美的天空作对比。蓝天白云绿地本来是大自然赠送给一切生物包括人类的与生俱来的生存条件，然而由于我们对发展的狭窄认识，以及由此相应形成的现代化模式，造成了对生物多样性和生态环境的严重破坏，当人们惊呼蓝天白云净水成了稀缺之物时，人类已遭遇着自己造成的危及一切生物及自身的生态危机；当蓝天白云如同40年前的小汽车和公寓一样成为奢望，现代化运动仿佛回到了原点。用马克思的语言来说，这是现代化的异化，是人与自然关系的异化，本质上是人的异化。从人是神的奴仆到人是万物之灵，是文艺复兴以来知识理性、人类文明的伟大进步。然而随着人类征服自然能力的提升，随着资本的全球化，追求物质增长、市场价值、消费享受而傲视万物的价值观念，漠视自然规律、掠夺性消耗生态资源的片面发展造成了全球生态危机。现在是彻底反思并改变这种片面的主体观和"人类中心"价值观的时候了。人永远改变不了其自身是自然界的一部分这个事实。没有客体就没有主体，只有善待客体，主体才能获得自由自觉创造活动的基础。海德格尔认为人并不是自然的主人，人只是自然的"托管人"，就如同农夫是土地的保管员一样。人应该保护那块他生于斯长于斯的土地。

　　也许不少经济学家常常把南美作为掉进中等收入陷阱、发展滞缓的典型来分析，但从文化学的意义上，南美人的宗教情怀、快乐文化、生态意识是否也值得正在快速发展的中国学习，建立和践行新的发展理念，使现代化真正属于人、为了人、发展人呢？

写于2014年1月

一 非洲探秘

开普敦：桌山与好望角

开普敦桌山

　　这次考察的国家有南非、埃及、土耳其，都处于西方文明与非西方文明、传统文明与现代文明的交会点，它们都有自己古老的历史文化，都正在经历现代化进程中的文明冲突，因而我把考察文明的冲突与和谐作为这次出访观察思考的主题。

　　根据考察的安排路线一般是从寒冷到温暖的习惯，我们出访的第一站是南非，第一天先去南非的开普敦。8月的南非恰是冬季，

> 南非的三权分立在世界上恐怕是最彻底的，
> 三个权力机构分设在不同城市，
> 开普敦是立法机构所在地。

开普敦位于非洲最南端，与南极隔洋相望，温度更低一点。出发前从电视上获知在此之前该地区整个星期都下雨，开普敦的冬季也就是雨季，夏季是没有雨的，湿度在50%~90%之间，我们不敢轻视，重装备带了不少。然而天公似乎也知道广东人怕冷，到达开普敦那天天气出奇地好，早上7点走出机场时，阳光灿烂，天高气爽，陪同我们的白硕士说我们带来了好运气。我在1998年来过南非，走访了8天。我对开普敦印象最好，西方的生活方式和建筑风格以及美丽的海岸线是这里的鲜明特色。那时房地产物美价廉，桌山下的临海别墅20万~30万兰特就可以买到。

白硕士到南非已有十几年，目睹了南非种族隔离政策的崩溃及民族和解的重建，也经历了一个有色白领在南非奋斗的种种艰辛和成功，她的解说经常穿插着关于白人与黑人之间关系的评点。也许是知道我们是研究社会科学的，她讲解很勤奋，很详尽，虽然谈不上生动，但穿插着丰富的历史知识及她的评价观点。

我们上车后，沿着桌山往海边走。桌山是开普敦的标志，因山势挺拔、山顶如刀削一般平整而得名，整个开普敦市背靠桌山面向海洋而建。最早的葡萄牙殖民者迪亚士率领船队来到桌山边靠泊，逐渐定居并发展起来。天气好时从200千米外的海面就可以看到桌山，漂泊归来的船员每当看到桌山就欢呼雀跃，因为开阔挺拔的桌山给人慰藉、力量和好运。

桌山底下大部分是白人的别墅，在温暖的阳光下，红色的屋顶、绿色的庭园规则而艺术地交织在一起，使我们有一种置身于欧洲城郊的感觉。原来我们曾担心南非的治安，担心政治领导权从白人转到黑人手中后城市管理失序、治安混乱。白硕士说不必过多地担心，在经历十几年的黑人与白人管治交替变动期后，南非正逐渐走向稳定繁荣，特别是一直在白人治理下的开普敦，更可放心。她要我们看看马路边的黑人，她说与别的城市不一样，这里的黑人的眼光是直面的、友善的，他们已逐渐改变仇视白人的心态，视白人为能够带来经济发展、带来就

在好望角感受"惊涛拍岸"　　　　　　　在开普敦

业的人，由过去被迫的服从改变为平等的相互尊重。白人的心态也在转变，政治上的失落感逐步淡化，随着欧洲中心主义被解构，种族歧视被废除，他们放下了架子，开始重视黑人，加上白人生育力普遍较低，他们中不少人认养黑人儿童作子女，这也促进了文明交融。

　　曼德拉是新南非的国父，他因为为黑人的自由解放不屈斗争而获得诺贝尔和平奖。曼德拉原来是一位律师，尽管被关进监狱十九年仍然坚持斗争，坚持思考。他主张非暴力革命并熟知斗争的方式，他不仅是黑人解放的旗帜，而且是人类解放的斗士，由于坚持人类的公平正义，坚持民族和解，赢得了世界人民的尊重。2007年是他的89岁生日，他的老朋友克林顿、安南等赫赫有名的政要以及一批著名的高尔夫球星、足球球星专程前来开普敦为他祝寿。非国大党的老冤家白人政党——德克勒克总统领导的南非国民党也能与时俱进，在大势所趋下以民主方式实行了政权和平交接，为结束种族隔离做出了贡献。当时高高在上的白人有很多的失落感，纷纷移民出国，现在由于社会稳定逐渐出现回归趋势。

　　非国大党上台执政后，并没有推翻原来的民主政制，立法、执法、行政仍然相互独立。南非的三权分立在世界上恐怕是最彻底的，三个权力机构分设在不同城市，开普敦是立法机构所在地。有人总结南非之所以没有出现经济崩溃、政治混乱的状态，是由于黑人主导政权后，没有采取激烈的如津巴布韦没收白人的农场等方式，而是尊重个人财产权，让白人继续主导经济，南非北部的大片农场仍然由白人经营。当然，执政党在教育、福利和就业上明显地向黑人倾斜，为黑人创造更多的读书和就业机会，提高黑人素质。此外，在文化宗教上提倡宽容共存。在南非，79.6%以上人口是黑人，8.9%是白人，9%是其他有色人种，2.5%是亚裔。白人与黑人大多信奉基督教，有色人种从东南亚带来了印度教、回教、佛教，这些宗教都能和谐相处，从而为种族和解、阶级依存打下了必不可少的精神文化基础。为了倡导平等和谐，南非采用彩虹作为国旗标志，蓝天下七色交融，由此南非被称为"彩虹国家"。

从桌山到好望角一路美景，驱散了我们连续坐20个小时飞机的疲劳。好望角是大西洋与印度洋的分界点，最初由荷兰人发现，当时整个欧洲为找到通往富饶的东方的海路而欢呼。由于好望角处于两洋交界处，风急浪高，风暴特多，开始叫"风暴之角"，后来由西班牙航海家达伽马改名为"好望角"，意思是到了这里，就看到了好的希望，从此沿用至今。我们沿印度洋一侧走进开普半岛，印度洋温暖平缓，著名的福尔斯湾怀抱半岛东侧，形成长达30千米的白色沙滩，蓝绿色的海水以平缓的节奏抚摸沙滩，一圈一圈的浪花此起彼伏，世界各地游客、滑水运动员都慕名而来滑浪。回城时沿大西洋一侧而返，大西洋水冷浪急，那天虽然无风，但仍有十几层楼高的波浪，一波又一波地有节奏地猛烈冲击好望角千年屹立的悬崖，使我们真正体会到"惊涛拍岸"的意蕴。这两大洋的鲜明反差可能是主张矛盾对立的西方文化与主张包容和谐的东方文化的写照。

开普半岛是南非众多国家自然保护区之一。南非在生物种类数量上名列世界第三。南非全国设有422个大型生态环境保护区，面积共6.7万多平方千米，无论在数量上还是占国土比例上，均为世界之最。南非的生态环境保护区大都是野生动植物比较集中的山坡草地、海滩海湾、风景名胜和文化古迹，这些保护区凸显了南非人对大自然的热爱和保护大自然的强烈意识。开普半岛草多树少，植被并不丰富，类似美国内华达州的戈壁滩，但动物不少，我们看到不少狒狒懒洋洋地坐在公路上晒太阳，对来往汽车熟视无睹。鸵鸟悠闲地在路边吃草，时而昂首傲视，时而莫名其妙地奔跑。海滩上小而可爱的企鹅列队而立，接受游客拍照，很有明星派头，好一幅天人和谐的景象。南非对生态的保护是一种民族共识，我曾到过克鲁格国家公园，拥有数百平方千米的克鲁格国家动物公园建于100多年前，那里是狮子、大象、长颈鹿、河马等动物的天堂。西方殖民者的眼光与非洲黑人善良的天性造就了这种世界奇迹。

写于2007年8月

海滩上可爱的小企鹅

曼德拉及南非文明特色

部落文化走向现代文明是大趋势，不可抗拒，
但不能以西方文化为唯一标准，搞成单一的"可口可乐"文化。
多元化的文化生态是文化活力的源泉，
是文化进步的环境保障，
无论对人类文化还是对民族文化都是必要的。

到达开普敦的第二天，有一场公务活动，与开普敦市文化部官员座谈。本来这场座谈安排在早上，由于对方议程有变以及政府官员的散漫作风，临时改到中午1点。开普敦市文化部在市中心的盛大广场旁边的大楼里，广场任由黑人摆卖各种土特产，琳琅满目，颇为壮观。

一位文化部官员和一位研究机构专家出席座谈会，在颜泽贤团长讲明来意之后，文化部官员杰德逊先生介绍了开普敦市在保护发展民族文化方面的工作，包括整理南非黑人的历史、文化、语言及投放研究项目经费等等。目前他们的一个重要任务是为2010年在南非举行的世界杯做宣传。南非的足球水平在非洲处于前列，无论白人黑人都喜爱足球运动，但在一个转型中国家举办世界顶级运动会，对南非是一个很大的考验，因而各级政府把办好世界杯作为头等大事。我对他们注意保护民族文化感兴趣，待杰德逊先生介绍完后提了一个问题，就是保护民族文化的原则或出发点。

长期的殖民统治造成了南非巨大的文化断层，一方面是体现现代化生产方式、生活方式的西方文化，另一方面是黑人的部落文化，突出反映在一夫多妻的"克拉尔"家庭模式。"一夫多妻"在非洲国家很普遍，至今依然长盛不衰。除了战争和男女不平等因素外，这与现实生存环境息息相关。非洲广大农村妇女是主要劳动力，多一个妻子就多一个免费劳动力。在传统家庭中共处的几个妻子首先是一组相互依赖的伙伴，相互配合料理家务和务农。在非洲人的世界观和价值观里，群体意识根深蒂固。在群体面前，个体不具有独立性，要依附于群体。受这种观念影响的现实生活需要高度的互助与分享。从根本上说非洲人的群体意识是在生产力水平低下

在开普敦考察南非民间艺术

的情况下形成的生产关系和社会关系在观念形态上的反映,"一夫多妻"则是其外在表现。非洲传统社会没有任何福利可言,广大农村地区依然处于自给自足的自然经济状态,"一夫多妻"有其存在的基础。另外,面对西方现代文明带来的进步与发展,非洲人非常困惑。他们正在重新审视历史脉络结构,试图在促进文化延续的基础上实现去西方化。苏丹总统巴希尔声称发展与人口增长之间有着不可辩驳的关系,公开鼓励以"一夫多妻"促进增长,这与西方鼓励非洲减少人口促进增长恰恰相反。目前,一些非洲国家把"一夫多妻"看作反抗殖民主义的一个方面。

经济现代化与文化本土化二者能否融合形成推动经济社会不断走向现代化的现代文明?杰德逊认为南非文化是多样的,不仅白人与黑人的文化有很大不同,黑人各部落之间的文化也有很大的不同,现在南非的官方语言有11种,除了英语、阿非利加语(又叫南非语)外,还有科萨语、祖鲁语等,语言是文化载体,这些文化之间的差异冲突是不可能一下子消除的。从世界历史发展过程看，部落文化走向现代文明是大趋势，不可抗拒，但不能以西方文化为唯一标准，搞成单一的"可口可乐"文化。多元化的文化生态是文化活力的源泉，是文化进步的环境保障，无论对人类文化还是对民族文化都是必要的。为此，南非政府很重视保护和发掘土著文化，如鼓文化、舞蹈文化等，对这些文化加以整理包装，运用到世界杯的推广宣传活动中。在这个过程中，他们也不是简单地否定白人文明，而是在有所批判的基础上整体性继承，包括制度文化、公民文化、社会文明以及大部分的文化符号。当然，这个过程是民族主义与普世主义斗争和妥协的过程。

南非的黑人政治精英在治理国家、复兴民族文明方面已形成了行之有效的思路。这首先不能不归功于曼德拉。这位世界著名的政治家被白人种族主义者投进监狱27年，精神和肉体受尽摧残，但他在牢房里坚持学习，坚持向一起坐牢的政治犯宣传民族自由独立思想，宣传非暴力民族解放的理念，所以因禁了他19年的罗宾岛被革命者称为曼德拉大学。他在黑人和所有有良知的人民中享有崇高的威望。1991年，他从岛上获释出来后在开普敦做第一次演讲，世界各地媒体蜂拥而至，现场有20多万民众聆听，他的声音即时传遍全世界。他与白人政党南非国民党领袖组成联合政府，开创了黑人、白人共治的民主政体。黑人为主体的政治架构与白人为主体的经济体系和平共存，黑人部落文化与白人现代文化和平共存。

文明是创造与传承的统一，虚无主义的创新无疑是破坏，南非黑人政治家在对待殖民化文明成果上显示了历史眼光和开放胸怀。在开普敦街道上，纪念带领荷兰人1652年到这里定居建市的荷兰船长赞·范里贝克（Jan van Riebeeck）夫妇的雕像仍然矗立着，在城市中心公园、开普敦大学等几个地方都可以看到塞西尔·约翰·罗兹（Cecil John Rhodes）的雕塑和纪念碑。相比之下，此前波罗的海一些国家为了加入欧盟而拆掉苏联红军解放纪念碑的做法未免太浅薄、太粗暴了，这不仅是对历史的否定，而且是对反法西斯的人类正义的否定。我们登上市郊的狮子山，眺望离海岸1000米开外的罗宾岛，只见在澄蓝海水的拥簇下，罗宾岛显得安稳沉静，包容大度，宛如《圣经》所讲的不沉的诺亚方舟，承载着不可忘却的历史，承载着多元文明的种子，承载着人类的希望。

从文明冲突到文明和谐，南非走出了经济困境和政治危局，已产生出良好的社会效果，体现在国际政治地位的提升和国民经济的持续增长。现在南非人均国内生产总值为4000~5000美元，高于实行民族隔离政策前。社会治安总体上也有好转，虽然不时有华人及其他国家的人受到袭击的事件发生，但对一个贫富悬殊，黑人穷人占大多数，没有户籍限制而让人口随意流动的非洲国家来说，已是相当不错了。

我思考南非之所以能总体平稳地转型，原因是多方面的，从文化上说，一是基督教占主导地位。白人信奉的有基督教和罗马天主教，黑人大多数也信奉基督教，基督教从19世纪开始在黑人中传播，吸取了非洲传统的信仰和仪式加以本土化，亦称为独立教会，较为统一的宗教信仰缩小了民族矛盾。二是部落传统文化的开放性。南非许多地方仍处于部落的交往方式和生活方式，人们重视现世生活，为人随和、淳朴、崇尚自然，不追求财富的积累，不追求生命的无限，不拘泥于固定的婚姻，所以活得很潇洒。城里有许多黑人已进入中产阶级，素质较高，我们过马路时，开车的黑人都像欧美城里人一样把车停下来让我们先走，大有绅士风度。乡下黑人更是天真无邪，追求快活，喜欢唱歌跳舞，极少嫉妒心。特别使人赞叹的是他们天然的生态文明观念，他们认为自己是大自然的儿女，敬畏自然，对于各种动物"视同己出"，爱惜生命。他们宁愿乞讨谋生，也不随意捕杀野生动物。到处可看到野生的珍珠鸡、松鼠和各种鸟类无忧无虑、自由活泼地与人共处。南非黑人本土文化历史积淀不深厚，系统性、理论性不强，明显处于弱势地位，因而不同于拥有高度历史文明的伊斯兰文化、儒家文化难以被同化，而较容易与外来的强势文化融为"一体"，这种模式普遍存在于撒哈拉沙漠以南广大的非洲民族之中。

参观南非文化景观

写于2007年8月

非洲的现代化完全是外生的，

殖民主义者用西方的思维和旨趣改造这片土地，

在掠夺了大量的矿产、森林、劳力资源的同时又设计建造为自己享受的城市。

黑人棚屋和太阳城

约翰内斯堡（索托语中的"黄金之地"）是南非共和国最大的城市，它和豪登省的其他地区一起构成了南非经济活动的中心。约翰内斯堡初建于1886年，原是一个探矿站，随金矿的发现和开采发展为城市。地处世界最大金矿区和南非经济中枢区的中心。附近240千米地带内有60多处金矿，周围还有众多工矿业城市，合占南非工业总产值一半左右。

约翰内斯堡面积约269平方千米，人口63万，其中半数以上是黑人，属于豪登省（Gauteng）——南非面积最小、经济最发达的一个省份，与南非行政首都比勒陀利亚（Pretorla）及周围十几个卫星城由四通八达的高速公路连成一片。约翰内斯堡地处海拔约1800米的内陆高原，昼夜温差大，但气候温和。夏天平均气温在20℃，冬天则在11℃左右。市区被铁路分为南北两部分：南为重工业区；北为市中心区，分布有主要商业区、白人居住区和高等学校。市中心大厦林立，政府机关、银行、车站、证券交易所等都是现代建筑。市区最吸引游客的是高达五十层的卡尔敦中心。此处是约翰内斯堡最高级的商业区，国际较大的黄金买卖就在此进行交易。金矿博物馆和黄金精炼厂可供游人参观。

约翰内斯堡也是世界上犯罪率最高的恐怖之都。南非的失业率高达40%，失业大军中绝大部分是缺乏技能、教育程度低下的黑人。治安的恶化使得抢劫事件多发，使得中上阶级或代表南非的大资本公司不得不往北边郊区迁移，都市功能不断向郊外移动，造成市区的餐厅、俱乐部等相继关门。尽管治安不好，约翰内斯堡仍是南非的经济中心，原来靠采金和钻石发家，现在是制造业和对外贸易中心，地位相当于我国上海。

非洲大草原

　　从开普敦到约翰内斯堡的飞机上看非洲内陆，空旷而神奇。冬天，由于缺水，大地是黄色的，在起伏的山岭间有许多大农场，麦田都是呈圆形的，很圆很大，像是用巨型圆规画出来一般，一串串的圆圈，构成了南非高原奇特而独有的地貌特色。然而这些大农场都归白人（主要是荷兰白人，最早进入南非的荷兰人主要是农民，他们移民是为土地而来）所有并经营。南非占98%的土地在白人手里，从所有制的社会构成来说，对黑人显然是不公平的。20世纪90年代黑人执政后，也曾设想赎买白人农场主土地分给黑人，津巴布韦穆加贝总统是这样干的，但不成功。由于黑人不会耕种，或者根本没有耕种的兴趣，土地很快荒芜了，经济上濒临崩溃，通胀率达上千倍，创世界纪录，政治上也动荡不安，国内争斗加剧。以此为鉴，南非政府不搞大的土地改革，以求稳定发展。

　　从约翰内斯堡机场出来后，路上看到一大片新的小屋区，来自上海的傅博士说，为了迎接2010年世界杯，政府要修一条轻轨线路到行政首都比勒陀利亚，于是把黑人临建的铁皮屋拆除并加以统一规划改造，每一家也就是不超过20平方米的一间房，内含小厨房兼厕所，内墙是不批荡的，一家老少就挤在一起。就这样已比我们在开普敦看到的机场旁边大片的铁皮屋好多了，那些铁皮屋又小又极其简陋，冬天时风雨交加，黑人苦不堪言。政府对贫民窟的改造工程很受欢迎，但能中签获得的幸运者很少。贫民窟可能是发展中国家的普遍现象，巴西、印度等国家也是如此，这与户籍管理制度有直接关系。取消户籍管理制度必然导致大量农民进城，然而无知识、无技术的农民就业谈何容易。所以，大量的农村人口仍然义无反顾地涌向城市，享受这种"贫困的公平"。

南非是非洲最发达的国家，有较好的经济基础，实行八年免费教育制度和公费医疗制度，还有低水平的失业救济金制度，因而为社会文明和谐提供了必要的条件，但是南非的社会和谐是脆弱的，严重的两极分化和文化差异不可能在短期内和平相处。小傅博士在种族隔离废除前就来到这里，那时虽然也受歧视，但仍然在求学、就业、经商等各方面比黑人好很多，至今她还怀念着过去中国人、日本人能享受类似白人待遇的时光，对目前黑人主导的政府有挥之不去的忧虑，担心曼德拉去世后是否会发生黑人在经济上对白人、富人采取剥夺财产等过激行为。

南非国鸟蓝鹤

早就听说约翰内斯堡治安很差，华人遭袭击的事件时有发生，甚至国内来访的地方官员也"享受"过被抢被伤的待遇。我在1998年来访的时候街道上总体比较平静，想怎么走就怎么走，想怎么看就怎么看，走访了金矿博物馆、证券交易所、南非医学院等地方。这次则大不一样，导游反复告诫我们不要在街上走，只能在车上游。约翰内斯堡市中心早就黑人化，由于治安问题，白人、富人、企业不断迁出，许多空置的公寓、厂房成为无业黑人的栖身之地，成为吸毒者、娼妓、抢劫犯的天堂。我们看到市中心人流不少，一样地做生意，一样地车来车往，手上挂手提袋的人也不少，并不像导游渲染的那样可怕，但肤色确实较单一，除黑人外很难看到其他人种。南非仍处于转型期，转型过程中出现各种失序是必然的，黑人当家做主走向文明法治的进步过程需要时间，总的来说在逐步朝好的方向发展。

离约翰内斯堡187千米处是世界有名的太阳城。太阳城并非一座城市，而是一个青山绿水环绕的超豪华度假村。太阳城是南非的骄傲，类似于美国的拉斯维加斯，集休闲、赌博、娱乐、运动等功能于一身，是完全靠人工在荒漠上建造起来的城市，是富人享受的天堂。我们开了两个半小时的车程才到达。一路上经过一个个种玉米或柑子的大庄园，还有大片的戈壁滩和草原。我们在一些纪录片看过非洲大草原，与眼前的景色很相似，高不过两米的灌木零星地散布在草原上，草是黄褐色的，大概有30~50厘米长，在太阳的煎烤下了无生气，好像在展示着非洲大地的忍耐力和古老的历史。

非洲的现代化完全是外生的，殖民主义者用西方的思维和旨趣改造这片土地，在掠夺了大量的矿产、森林、劳力资源的同时又设计建造为自己享受的城市。太阳城由一个富有的犹太人所建，20世纪70年代末初步形成规模，占地100平方千米，耗资8.3亿兰特。它不像拉斯维加斯那样有100多万常住人口，它主要由四家酒店、两个高尔夫球场、水上世界、失落之城（赌博为主）等构成，来的人全是游客，没有固定居民，完全是用金钱、创意在荒漠上建起的一座现代宫殿群，一片有人工河、人工湖、人工海，长满各种热带植物的绿洲。设计师的构思宗旨是：让所有游客都充满幻想，放飞灵魂，远离现实，远离尘嚣。这里曾举行过四次世界小姐选美大赛，经常有世界顶级的高尔夫球赛事，泰格·伍兹等高手是这里的常客。近年来，尽管由于南非全国开赌使太阳城来客有所减少，但作为一个管理有序的现代化的生态休闲中心，太阳城仍然具有很大的吸引力，它的创意仍然激发着世界各地的设计者和艺术家的想象力。听乐正教授说，深圳新建成的东部华侨城的游览列车是模仿这里的，广州长隆酒店的设计也参照了这里"皇宫"酒店的风格。

与遍布贫民窟、缺乏安全感的约翰内斯堡相比，太阳城确是富人们挥霍享受的极乐世界，也是国际文化交流的重要场所。南非黑人当政后，经常在这里举行各种国际会议。我们在入住酒店的大堂遇见一位黑人女官员，她正在带韩国大学生来这里参观，知道我们来自中国文化界显得很高兴，热情地向我们介绍太阳城及周边的国家野生动物保护区。从她的言谈中，不难感受到她对太阳城取得的世界性影响的骄傲，与那些因为信仰不同而毁灭前人、他人创造的文明成果的极端行为相比，南非黑人是具有大智慧的，是有世界兼容力的。

与带韩国大学生参观的黑人女官员合影

写于2007年8月

> 埃及的宗教与教育并行不悖,
> 他们以现代科学作为教育的基础,
> 这就为国民素质的全面提升,
> 为现代文明的生长创造了最重要、最基本的健康土壤和气候。

开罗：埃及博物馆

一踏上埃及的土地,一种兴奋在心头涌动,这个与中国同属于世界四大文明古国的国度,有着世界上最古老的文字,最古老的金字塔,最古老的木乃伊,最古老的神庙,最古老的石雕像,最古老的纸,等等,特别是那八千年的古埃及文明与近代伊斯兰文明如何共存,西方文明与东方文明如何共存,都是我们想看、想听、想探究的。

来到开罗的第一项活动是学术交流,文化专家穆罕默德（Mohamed）及一位教育专家与我们座谈。这两位专家详尽地介绍了埃及的文化历史和教育制度。埃及在战后持续有序地推进现代化,穆巴拉克执政近30年,顶住了各种压力,包括原教旨主义的压力,美国和西方的压力,其他阿拉伯国家的压力,走自己现代化的道路。虽然发展速度不快,但相对于中东其他国家来说,没有太多的震荡和战乱,人民生活安定,国际地位重要。从他们的介绍中可看到埃及人的自信和目标,他们认为,进步与发展是民族的使命,埃及要与世界一起进步发展,而进步发展归根到底要落到人的知识素质上来,落到文化的进步上来,因而要重视人才,重视教育,要借鉴世界先进经验发展教育,政府要在义务教育、医疗保障等方面提供更多更好的条件。埃及的宗教与教育并行不悖,他们以现代科学作为教育的基础,这就为国民素质的全面提升,为现代文明的生长创造了最重要、最基本的健康土壤和气候。如果像塔利班那样不是用科学理性而是用极端化的宗教观教育孩子,培养出来的只能是心灵被严重扭曲的复仇心理狂热的圣战战士。

开罗城是非洲最古老、最大的城市,有"世界之母"之称,建于美丽的尼罗河畔。老开罗城于641年由阿拉伯军队统帅阿姆尔

金字塔和狮身人面像

所建。969年，法蒂玛王朝乔哈尔将军在老开罗城口北建了新开罗城。14世纪中叶以来，开罗一直是中东地区的经济、政治、文化中心，埃及各王朝更迭变换，始终以开罗作为首都。我们以近似崇拜的心情走在开罗大街上，高高的清真宣礼塔与灰色的老公寓楼交错而建，西装笔挺的男士与长袍裹身的女性相伴而行。

马路上汽车很多，红绿灯很少，行人随意穿越，一些载人的小巴随意靠边拉客，有的小巴打开着车门一边行驶一边招徕乘客，有点像印度的大篷车。在商店、酒吧和公共场所都能听到埃及音乐，旋律优美宛转，节奏热情含蓄，在较窄音域来回切换，胡琴、鼓是基本乐器，类似印度音乐。中午在一家由埃及当地人经营的中餐馆吃饭，墙上有不少中国字画，然而服务员是埃及人，都不能直接用中国话交谈，汤是羊肉酸辣汤。虽然如此，大家吃得还是津津有味。

到埃及参观金字塔、狮身人面像是必不可少的行程，这些由百万奴隶在茫茫沙漠建起来的巨大图腾确实造成了视觉上的强烈震撼，然而，要全面了解古埃及文明还是要到埃及博物馆。参观埃及博物馆是了解古埃及文化历史渊源及其在人类文明史上的价值最直接、最有效的方式。埃及博物馆与美国大都会博物馆、英国大英博物馆齐名，埃及文物是该馆最主要的收藏，也被称为"法老博物馆"。这座世界著名的博物馆建于1858年，由被埃及人称为"埃及博物馆之父"的法国著名考古学家玛利埃特设计建造，位于尼罗河东岸，在开罗解放广场靠近尼罗希尔顿酒店处。馆内收藏的各种文物有12万多件，陈列展出的仅约6.3万件。馆中藏品从史前时代到远古、中古、帝国时代，包括埃及法老的巨大石像和法老的镀金车辆，有史前的陶器、石器，也有古代艺人精心制作的各种艺术品，以及记载古埃及科学、文学、历史、法律等内容的纸莎草纸文献，以及希腊和罗马的美术品等。最神奇的是几千年前制作的木乃伊，躺在黄金、宝石镶嵌的棺木里，依旧保持原貌，孤寂和肃穆，不断与当代人进行有关人类的过去、现在和未来的永恒对话。

公元前4000多年前，当世界绝大部分地区尚处在蒙昧状态的时候，法老们就在尼罗河谷建立了统一的国家，古埃及文明一直延续二千多年，历经30个王朝。古埃及人的智慧不仅体现在宏大的辉煌的金字塔、神庙和石雕像上，而且体现在文字、绘画艺术、雕刻艺术和各种生活用品的设计制作上，其线条之精确流畅，其画面之优美高贵，其色彩之多彩绚丽，足可使现代人自愧不如。我们完全被震撼了。

古埃及文明最完整地保存了十八王朝法老图坦卡蒙之墓，它逃过了几千年来被盗掘的厄运，于1923年被现代考古学家霍德华·卡特发现和发掘。这个墓的随葬品摆满了博物馆二层的大半层，其中以图坦卡蒙的十六千克重的金面具以及纯金棺、金宝座最为著名。金面具是法老的灵魂，相当于我们的身份证，魂兮归来，凭面具而复活。金面具上刻着眼镜蛇和鹰，是权威的象征。古埃及人是多神论者，每一种动物、每一种自然现象都代表一种神灵。太阳、圣甲虫（屎壳郎）、水、月亮是神灵中的神灵，这四种物的符号经常被排在一起组成图案，大量出现在殉葬物和壁画之中。太阳普照大地，是万物生长之源，处于最高地位是没有疑问的。水是生命之源，尤其在沙漠，全靠尼罗河的泛滥才有各种农作物的生长，被尊崇是必然的。月亮是太阳下沉后的代替物，神奇地把沙漠照亮，得到顶礼膜拜也是没有疑问的。

最有意思的是屎壳郎凭什么摆在如此高的地位。埃及人对屎壳郎的重视程度之高，令我们百思不得其解。屎壳郎在古埃及宗教绘画中十分常见，也是其中最为独特的组成元素，甚至连图坦卡蒙的尊号中都有屎壳郎。圣地亚哥自然历史博物馆的昆虫学策展人以及研究副主席华尔（Wall）说："对于埃及人来说，屎壳郎就是圣甲虫。"屎壳郎推着粪球满地爬，他们住在粪球里，在粪球里交配、产卵。粪球孕育着蛹，诞生出下一代屎壳郎。华尔说："埃及神凯布利负责掌管运送太阳，每天太阳在他的推动下越过天空，又进入地下世界，第二天又再次升起。"这个过程有点像屎壳郎推屎。古埃及木乃伊的胸口往往会放置一块心形装饰物，名为心形圣甲虫，这块圣甲虫装饰可以在死后的审判中保护死者。华尔提出问题："为什么选择圣甲虫呢？这就要回到变质和重生的循环上来。古埃及人认为圣甲虫具有帮助人完成生死交替的作用。"

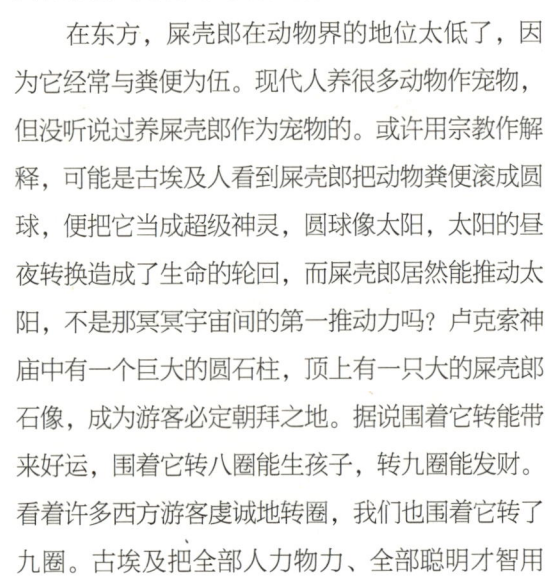

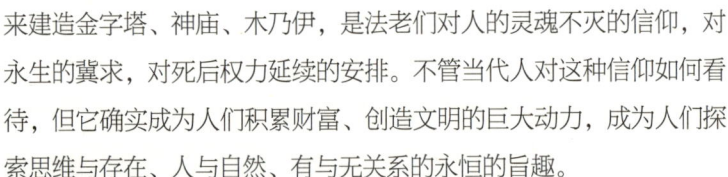

在东方，屎壳郎在动物界的地位太低了，因为它经常与粪便为伍。现代人养很多动物作宠物，但没听说过养屎壳郎作为宠物的。或许用宗教作解释，可能是古埃及人看到屎壳郎把动物粪便滚成圆球，便把它当成超级神灵，圆球像太阳，太阳的昼夜转换造成了生命的轮回，而屎壳郎居然能推动太阳，不是那冥冥宇宙间的第一推动力吗？卢克索神庙中有一个巨大的圆石柱，顶上有一只大的屎壳郎石像，成为游客必定朝拜之地。据说围着它转能带来好运，围着它转八圈能生孩子，转九圈能发财。看着许多西方游客虔诚地转圈，我们也围着它转了九圈。古埃及把全部人力物力、全部聪明才智用来建造金字塔、神庙、木乃伊，是法老们对人的灵魂不灭的信仰，对永生的冀求，对死后权力延续的安排。不管当代人对这种信仰如何看待，但它确实成为人们积累财富、创造文明的巨大动力，成为人们探索思维与存在、人与自然、有与无关系的永恒的旨趣。

埃及博物馆的藏品之珍贵、精美使我们赞叹不已，而博物馆内外的保安之严密同样使我们印象深刻。手持冲锋枪的警察分布在入口处和围墙四周，他们穿着白色制服，紧张地注视着每一个人，随时准备应付突发情况。旅游业是埃及的命脉，在暴力和恐怖事件多发的中东北非，安全是发展旅游的前提。严密的安保可能会让旅客感到不太舒服，但不可否认增强了人们的安全感。

卢克素神庙中有一只大石屎壳郎的巨大圆石柱

写于2007年8月

事实上我们珍视的平等、友爱、互助是三大教都认同的真谛。

卢克索：百门之都

埃及人常说，"没到过卢克索就不算到过埃及"，只见了金字塔仅知道古埃及文明的表层，只有到了卢克索，才能真正领会这种文明的伟大历史和永恒内涵，真正领会这种文明对当今世界的巨大吸引力。

卢克索位于开罗以南700多千米的尼罗河畔，它的历史比开罗的历史还要早，古埃及中王国时期、新王国时期的国都均建在这里，第十八代王朝（约公元前1584—前1341年）在这里把古埃及文明推向鼎盛时期。当时的卢克索叫底比斯，是古埃及文明中心。据考古，当时这里城门有百座之多，人口有百万之众（荷马史诗称底比斯为"百门之都"）。我们到达卢克索时已是傍晚，尼罗河水溢上了两岸的玉米地。河岸停满了豪华邮轮，一些游艇在河上缓缓驶过。游客如潮，每年到这里寻觅古文明的世界各地游客至少有几十万人。街道上马蹄声声，一对对金发碧眼的西方情侣乘着装饰古典的马车享受着河上吹来的徐徐清风，领略着浓郁的阿拉伯风情的古城夜景。我们经过那高高的古庙残墙和林立的高大神庙圆柱时，心中顿时感受到人类古文明的神圣和厚重。

著名的帝王谷在尼罗河西岸一个呈金字塔形的石岩山谷中，迄今在这里已发现了64座法老的陵墓，第十八

卢克索神庙

卡纳克神庙

王朝图坦卡蒙王墓是其中之一,该墓出土的文物震撼了全世界。我们看了三座墓,墓里的文物大多被盗或被移到埃及博物馆,壁画布满每个陵墓,主题是法老的不死的灵魂的安宁、生活和返归。停放木乃伊的石窟多绘画体态优美的女性,她们是侍候法老的;靠近石窟处多绘画动物,它们为法老提供美食和歌声;再远一点是武士,他们保证法老的安全,听从法老的召唤开辟疆土,还有勇士驾驶着帆船,这是法老巡游尼罗河的必备工具。壁画大多颜色鲜艳,一是由于干燥的沙漠减缓了侵蚀,二是古代埃及人制造矿石颜料达到了很高的水平。除了颜料,他们还能制作出许多的香料、香精,当然这些东西主要还是供制作木乃伊使用,就像一切生命的自然选择,延续是最终的目的,古文明的创造者都企图在无可避免的死亡降临后,仍能在预设的世界里延续生命和丰功伟业。曾渲染一时的"法老的诅咒",增添了帝王谷的神秘感。无论凡人还是帝王都是恐惧死亡的,凡人是赤条条来赤条条去,而帝王却无限眷恋他的王位、功业和美人,因而早早就为身后做出安排。尽管这些安排在今天看来是可笑和愚昧的,但毕竟给后人留下了文明的积累和历史的沉思。

古埃及人对神的崇拜无以复加，他们把这种感情倾注到神庙的修建中。刚看到卡纳克神庙和卢克索神庙时，神庙的规模之大、艺术之精湛使我们震撼。卡纳克神庙位居全埃及神庙之首，它历经两千多年的建造，是从中王国时期（公元前2000年左右）到托勒密十一世（公元前51—前80年）两千年建筑艺术的集成，也是古埃及绵延两千年兴衰史的见证。我们刚走下车，就感受到了神庙的逼人气势。只见左右两排40只羊头狮身雕像守卫着神庙的大门，宽103米、高38米的比龙门直指蓝天，门前矗立着古埃及新王国第十九王朝拉美西斯二世的高大雕像，这位活了91岁、在位67年的功勋卓著的君主双脚并拢，双手交叉放在胸前，目光向前，王后纳菲尔的小雕像立在其膝盖处，显得婀娜动人。进入神庙，是平民做礼拜的大厅，大厅由134根石柱构成，这些石柱高达21米，最粗的直径3.57米，每根石柱都雕满了记录当年战事的古人像和图案。圆柱上端覆盖着巨大的石板，由于年代久远，许多石板已掉下来，金色的阳光洒满大厅。

卢克索神庙的方尖碑

我们在巨柱下看呆了，为4000多年前埃及人民耗费的不可想象的劳动和心血以及宏伟的构思所感动。柱廊前高高矗立着两根方尖碑，分别属于图特摩斯一世和哈特舍普苏女王。不管女王身后遭到多少非议，不管其继位者如何设法制造视障，女王的方尖碑仍然骄傲地直指苍天，大有刺破青天鄂未残之气派。卢克索神庙留到今天的也多是一排排的石柱和高耸的方尖碑，给我们印象较为深刻的是后来者在神庙的续建部分和附加部分，一是亚历山大作为征服者后改尊奉阿蒙太阳神的图案，二是在神庙城墙上建于12世纪的清真寺，三是罗马人占领卢克索时在神庙墙上绘下的基督教历史教事的壁画。在这个古老的太阳神的圣殿，基督教和伊斯兰教两大世界性宗教都留下了痕迹。我们看到神庙内挤着大批欧洲游客，他们以崇敬的神态安静地听导游介绍壁画的历史。

宗教的发展是从多神教走向一神教，从万物有灵到只信奉上帝或真主、或佛祖。无论如何转变，精神世界不可能定于一尊，归于一元，它永远存在和发展于一和多的辩证统一之中。事实上我们珍视的平等、友爱、互助是三大教都认同的真谛。但愿在古埃及多神共处的文化土壤上，长出和而不同的人类精神之花。

写于2007年8月

洪加达：红海、沙漠部落

从卢克索到红海之滨的洪加达需乘车4个小时，穿越大片渺无人烟的撒哈拉沙漠。为了安全，十几台旅游大巴临时组成一个浩浩荡荡的车队，由警车开路和押后。满目裸露的石山和戈壁了无生气，车队沿着似乎没有终点的柏油路行进，大家都睡着了。"看，生命之树！"导游一声喊叫使我们振作起来。一棵约三米高的长着绿叶的树舒展地伫立在沙漠上，在一片褐色中显得特别耀眼，给死寂的沙漠注入了生命的气息。在40~50摄氏度的气温下，在炙热的太阳底下，干旱的沙石里居然还能长出枝叶茂盛的树木，这种自然之谜令人惊叹不已。

洪加达完全是为旅游而建的城市，沿着红海边，一座座高级宾馆如"生命之树"般从沙漠中长出来。这里没有原住民，所有人都从事旅游业。由于洪加达离开罗只有一个小时机程，离古埃及文明中心不远，物价合理，又有阳光和海滩，这个城市很快成为一个旅游热门地。红海的颜色很深，不是碧蓝，胜于碧蓝，海水像泼墨的油画般透出无穷诱人的魅力。宾馆海滨沙滩上铺满了休闲的躺椅，遮阳的大伞林立，游客可以在这里悠闲地看书、发呆或者闭目养神。绵延数十千米的海岸线，清澈的海水、柔软的沙滩、温暖的阳光和四季宜人的气候使这里成为世界上最著名的旅游度假胜地和国际水上运动中心之一。与西岸的沙姆沙伊赫更受西欧人青睐不同，这里主要受到俄罗斯人和东欧人的喜爱。

畅游红海令人终生难忘。蓝天白云下的海水是绿色的，水质好极了，一群群小鱼在清澈的浅水里与人共游，岸边一排排的枣椰树迎风而立，树梢挂满了一串串红色的、黄色的椰枣。这些椰枣碾成的粉末相当于中国人的面粉，是阿拉伯人的主食来源。一位俄罗斯

现代文明的潮流不可抵挡,

但对这种沙漠中的部落,

尤其是对阿富汗、巴基斯坦贫困的地区来讲,

放弃部落生活,

放弃旧的价值观是他们即将迈向的未来。

母亲带着三个金发碧眼的美丽女儿泡海,她们在岸上观察了好一会儿才下水,估计她们非富即贵,三个女儿耳朵、脖子、肚脐上都戴着钻石,在阳光下放出耀眼的光芒。晚上的红海更美,我们从沙漠归来,带着一身尘土,迫不及待地跳进大海,惬意极了。夜风习习,水波不兴,海水带着余温,抚摸着身体,使人达到彻底的放松。枣椰树下一对对情侣沐浴红海送来的凉风,欣赏海湾夜景。不远处的海面停泊着几艘游艇和军舰,灯光散落在海面,夜空显得宁静而温情。我与几位酷爱游泳的团友边游边聊,笑看一些不熟水性的团友在浅水滩用不熟练的俄语与岸上的俄罗斯姑娘搭讪。岸边游泳池的露天酒吧里坐满了外国游客,欣赏着埃及摇滚乐和土风舞。

  埃及政府在沙漠海边建起这块现代生活的乐土,看来是费了心思的。641

红海边上的枣椰树

撒哈拉沙漠

年，哈里发派遣的大将阿姆尔征服埃及，任埃及总督，埃及此后逐渐阿拉伯化，大多数埃及人皈依伊斯兰教。然而由于地处欧、亚、非的接合部，西方教育制度、工业技术和文化风格对埃及产生很大影响，加上古埃及文明的遗风承传，恪守伊斯兰教倡导的刻板生活方式已变得越来越难。

不到沙漠体验部落生活，你对埃及的了解就仍是肤浅的。我们奔向沙漠深处，分乘两辆越野车，进入了撒哈拉沙漠。下午的沙漠温度达40多摄氏度，热风袭人，越野车在崎岖不平的沙浪上颠簸，像坐过山车一样惊险，我差点晕了。颠簸了一个小时后，我们下车爬过一个山口，风沙吹得人站都站不稳，沙子借劲风之力从低处往高处爬，迅速地翻滚移动，形成一道奇观。在光和风的作用下，古老的石山逐渐变成了戈壁，戈壁逐渐变成沙子，看似死寂的沙漠实际上无时无刻不在运动。据全球气候变暖趋势报告，沙漠化正在威胁人类的生存。我们脱了鞋子赤脚从高处往下走，高温使人失去了正常的感觉，我们机械地走下沙峰，在滚烫的沙子上麻木地移动，不禁想起小时候看国产老电影《沙漠追匪记》的情景。

在历尽惊险和高温后，我们进入了一个大山谷，去观察贝都因人的部落生活。美国学者菲利普·希提在他的《阿拉伯通史》

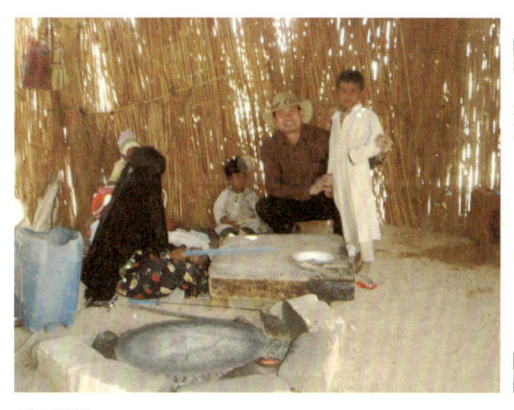

做麦糊饼　　　　　　　　　　　　　织毯画

中写道："贝都因人、骆驼和枣椰是沙漠中一切生物的三位一体的统治者；再加上沙子，就构成了沙漠里的四大主角。沙漠的恶劣环境造成了贝都因人独特的民族性。"我们先来到一个家庭看煎大饼。一个穿着黑长袍、只露出两只眼睛的少妇正在用驼粪烧火，围着她的三个孩子不安地打量着我们。沙漠的高温使烹调速度变快，只见面糊刚淋放上铁板，不到一分钟就熟了，麦香味四散开来，我们和孩子们一齐分享。少妇看我们吃得津津有味，也显得很高兴，但全程没说过一句话。接着我们看一家三口织毯画。穿红色长袍的女主人在梭机下不断变线，男主人则在梭机边把线夯实，长着大眼睛的女孩操作另一台较简单的纺织机。我们围着她照相，她显得落落大方、天真无邪，当我们高兴时她就拿出毯画让我们买。每张画从30美元至80美元不等，按大小和图案论价。

我们随后到帐篷里喝普洱茶。一个青年送了一台水烟机过来。所谓水烟机，即烟枪中段有几根软铝管，可以几个人围在一起抽，烟机底下是水，抽烟时可以让烟在水中过滤尼古丁。伊斯兰教倡导人人是兄弟，这种水烟机是联结兄弟的好方式，听说城中有不少水烟馆。有几位团友试了一下，觉得有意思，但对味道不作评价。骆驼、女人、孩子，贝都因人部落生活圈子很简单，也很容易满足。现代旅游业把部落也卷了进来，他们的生活来源不再依靠简单的放牧，然而他们的生活方式、交往方式并没有多大改变，只不过是把原来生产、生活做的事变成一种赚钱的表演。现代文明的潮流不可抵挡，但对这种沙漠中的部落，尤其是对阿富汗、巴基斯坦贫困的地区来讲，放弃部落生活，放弃旧的价值观是他们即将迈向的未来。"我的心充满惆怅，不为那弯弯的月亮，只为那今天的村庄，还唱着过去的歌谣。"刘欢的惆怅不无道理，在发展中的国家和地区都可以找到知音。

写于2007年8月

尼罗河上的歌声和舞影

多少次聆听埃及民歌《尼罗河畔的歌声》，多少次从历史书籍中获知尼罗河水的泛滥带来了人类最早的农耕文明，这次终于有机会亲身领略尼罗河的风光。当太阳下山时，我们登上了从河东岸开出的"法老号"（The Pharaohs）游轮，亲历尼罗河的神奇和浪漫。

船上的晚餐要七点半以后才开始，可能埃及人认为没有灯光的晚饭是索然无味的。我们登上船的上层，欣赏晚霞映照的尼罗河。尼罗河全长7000多千米，发源于坦桑尼亚，顽强地流经干旱的非洲大地，为两岸人类和生物圈送来珍贵的生命之水，带着黑人民族、阿拉伯民族的文化气息注入地中海。由于有了阿斯旺大坝，尼罗河不再泛滥，它默默地滋润着土地，为埃及人民造福。河水保持在10至20米深，水面宽广平静，就像缓缓流动的海流穿过开罗古城，使整座城市充盈着高贵的气度和灵动的气息。开罗城沿尼罗河两岸而建，密密麻麻的古老建筑在残阳的余晖中苏醒，似乎在等待尼罗河美妙的歌声。乘着从北方河口吹来的海风，十几张帆板集结成队，由西向东速滑，如一群海鸥翩翩飞翔在蓝色的河面上。

夜幕降临，"法老号"船上的侍者们忙碌起来，为游客们送上各种阿拉伯美食。当我们正在品尝有炸鱼、炸龙虾、炸鲜蚝的餐前菜时，餐厅中间的灯光一下子打开了，乐队进场并开始演奏。乐队很简单，一位男歌手，一台电子琴、一把手风琴、一把小提琴、一只阿拉伯手鼓。乐手们演奏的大多是3/4拍子的华尔兹风格的乐曲，节奏热烈欢快，旋律流畅优美，歌声与音乐在主调展开和回旋中相互穿插融合，把我们带进了《一千零一夜》描写的浓郁的夜宴

夜晚的尼罗河使古老的开罗城
变得愈发年轻、多彩、活泼和迷人。

尼罗河畔

氛围。随着灯光的闪动，乐队的演奏突然加速热烈起来，一位披着黑色头发、只穿三点式稍加薄纱的美丽年轻的肚皮舞娘上场了，她的腰、肚皮、臀部美妙地扭动着，时而飞快旋转，时而仰面定格，身上的每一个部位既协调连贯又能独立弹跳，动作狂野性感、热烈奔放，眼光诱惑挑逗，表情高傲冷艳。船上的所有人都兴奋起来，击掌、跺脚、喝彩。看来她的演出效果丝毫不逊色于一个交响乐团的协奏或一个舞蹈团队的表演。营造狂欢不须太多的东西，重要的是激发人们的情绪和野性。舞蹈和音乐，不管是起源于劳动还是起源于爱情，都是人的交往本能的直接表现。

游轮上的肚皮舞表演

肚皮舞能在埃及取得合法地位，一是由于旅游业发展的需要。尼罗河上几乎每一艘游轮上都有这种表演，它受到游客特别是西方游客的喜爱。二是开罗文化具有兼容开放的特点。导游介绍说，虽然埃及人多信奉伊斯兰教，但不同于伊斯兰文化的原产地海湾地区，这里是东方文明和现代西方文明的汇集地，国家实行政教分离，实行市场经济和总统共和制政体，原教旨主义受到抑制。三是妇女的地位高。与其他伊斯兰国家一样，埃及允许一夫多妻制，但这种婚姻在现代埃及尤其是开罗等开放城市中普及率不高。在基督教文明和儒家文明的国家，很多人对这种婚姻制度不理解，其实这原来是先知穆罕默德为解决连年战争中男人多阵亡而造成寡妇过多的难题而提出的。多妻制并不是绝对的夫权制度，丈夫要平等对待每一位妻子，不允许不平等，如果离婚了还要合理分割财产给妻子，因此城里人一般是一夫一妻，年轻人普遍晚婚。女孩子的穿着打扮也很现代，女孩主动约男孩参加派对的也越来越多。用老规矩束缚女性的时代已经一去不复返了。在这种开放的城市文化环境中，尽管不时有人提出取缔肚皮舞，认为有伤风化，但响应实行者并不多，政府继续容许这种性感奔放的舞蹈作为民族文化存在下去。

突然，鼓点更热烈起来，一位包着黑色头巾、裹着长袍的女性顾客走进舞池做即兴表演，熟练地扭动身体的每一关节。不少游客也纷纷走出座位，舞之蹈之。我们团的两位团友也被邀请上去伴舞伴唱，这两位团友落落大方地表演了自己的歌声和舞姿，台上台下融为一体，欢乐达到高潮。

尼罗河是不夜河，到了九点后，河面上更加热闹，一些个体经营的只坐三五人的小游艇多了起来，穿插在大型游轮之间，船上的游客尽情享受自由泛舟的雅兴。岸边的咖啡馆和酒店的霓虹灯广告不断闪动，招揽更多的人去消费。沿河的马路上车水马龙，街道上的车辆大多数开着窗，大声播放流行音乐。我不禁想起一位朋友几天来多次用来概括开罗的几句话："开罗是晚上比白天好，里面比外面好，女人比男人好。"[1] 夜晚的尼罗河使古老的开罗城变得愈发年轻、多彩、活泼和迷人。

写于2007年8月

---

[1] "晚上比白天好"是指晚上更美更热闹；"里面比外面好"是指开罗的公寓外表陈旧，但里面却装修得很豪华；"女人比男人好"是指女人生活有保障，比男人更享受、更轻松。

后 记
田 丰

我的许多研究和思考与全球化问题有关,可能缘于我的职业经历和习惯。

我曾在中共广东省委对外宣传办公室(省政府新闻办)工作,负责海外业务,宗旨是让世界了解广东,让广东走向世界,为广东对外开放鼓与呼。后来调到广东省社会科学院,负责全院对外学术交流,出国考察机会较多,出访的国家和地区也较多。这种职业习惯使我更多地关注海外经济文化发展动态,我的博士论文就以《文化进步论——对全球化进程中文化的哲学思考》为题,对全球化中文化的冲突和融合、竞争与互鉴以及中国特色社会主义文化的创新发展进行了论述,此后我的许多研究项目都是与这方面的内容有关。

我的这本小书《思维的漫游》,以散记的形式记录了我多次出国访问进行学术和文化交流的过程,涉及省社科院、省社科联、省政协等几段工作经历。最早是2004年出访北欧时,瑞典等国家的发展模式和生态文化引起我的极大兴趣,遂从文化比较的角度把部分所见所闻所思记录下来,回来后加以整理补充,觉得有点意义,这种做法此后成了习惯,经逐年积累、整理形成了40多篇小品文。

我的这本小书得到了广东省作家协会主席蒋述卓教授的厚爱,在一次会议上,我冒昧请他为拙作写序,他在百忙之中利用春节休假时间通读了全部稿子,挥笔写下了序言。当我一口气读完以"思与诗的融合"为题的序言时,顿时为蒋主席的世界性的思想视野和优美生动的文笔所感动,更为蒋教授作为著名文学评论家劳心劳力的精神所感动,这里既体现了他对老朋友的真诚友谊,更体现了他对写作新兵的鼓励支持,这篇如此精彩的序言,犹如普照的光,照亮了全书的字字句句。

广东省出版集团及广东教育出版社对本书的出版给予大力支持,责任编辑陈定天、梁岚同志精心策划、精心编审,付出了大量心血,展现了创新思维和专业精神;何斯华硕士参与了拙作的补充修改,从资料查询、内容充实到文字润色、照片选用等等,前后断断续续耗费了几年的业余时间,她以认真细致、一丝不苟的工作态度和扎实的文史知识基础,为本书的整理出版打下了基础;广东南方软实力研究院叶小珍秘书长为本书后期编辑提出宝贵意见,付出了辛勤劳动;摄影师郑小韶同志为本书提供了部分图片;广东省社科院精神文明中心的姚颂莲同志在前期也为本书部分初稿的打印整理保存付出了许多时间和劳动。在此对所有关心支持本书写作、编辑出版的朋友同志们表示深深的感谢!

2018年3月写于广州东山梅花村